O CHEFE
Que pensa que é príncipe

Por Marcelo A. Leite

Sumário

Dedicatória

Dedico esse livro a minha estrela derradeira, minha amiga e companheira, ao "sim" mais demorado que veio para minha vida, Jose Piedade, minha esposa e grande parceira dessa jornada.

Prefácio

Costumo dizer que aprendi com grandes chefes, mas os canalhas (chefes ou colegas de trabalho) foram aqueles que me deram as melhores lições, pois me ensinaram o que não ser. Aprender pelo exemplo reverso é tarefa para poucos, somente para aqueles que estão atentos aos movimentos nesse tabuleiro de xadrez da vida. E, felizmente, sempre prestei muita atenção para que lado as coisas viravam.

A primeira vez que eu li Maquiavel eu tinha uns 17 anos e, como a maioria das pessoas achei que era um manual de como ser perverso. 20 anos depois, já tendo a experiência de chefia, reli mais duas vezes o referido autor e entendi que não se tratava de algo prescritivo, não eram normas, mas descritivo, ele descrevia uma Itália do século XVI dividida em principados e cortada por uma luta de poder constante entre famílias poderosas.

O autor florentino escreve o livro dedicando-o ao príncipe Lourenço de Médici e abre sua narrativa contando o que viu como histórias de luta pelo poder na época. Em momento algum, ele diz faça isso ou aquilo, mas sim *"eu vi que fulano fez isso para obter esse resultado ou aquilo para mudar as coisas"*. Ele não tece juízo de valor sobre as ações e deixa claro que ali estão as coisas que ele viu e não necessariamente com as quais concorda. Ele escreve uma fotografia de seu tempo que, como veremos aqui se aplica a outros tempos, inclusive o de hoje.

Entretanto, os jogos do poder tendem a ser realmente sórdidos e o que era uma descrição ficou com cara de prescrição. Então, o coitado do Nicolau Maquiavel virou adjetivo atribuído para identificar uma pessoa sem escrúpulos, para quem os fins justificam os meios (seja lá qual for o meio em questão). Seriam as ações humanas destituídas de qualquer preocupação Moral e Ética.

Quando li pela segunda e terceira vez, gostei tanto que pensei durante anos como contar a história de uma maneira leve, engraçada e que se encaixasse no mundo atual. Juntei minha experiência profissional, tudo que havia visto e vivido, criei um personagem Lourival e abri a história da maneira mais inusitada possível, uma transcrição mediúnica de um espírito atual, debochado e que aceita ser chamado de Marquinhos Abel.

Juntei o que descreve o autor original com uma série de coisas que presenciei nesses anos e acho que podem, de alguma forma, levar as pessoas a refletirem um pouco sobre esse jogo do poder, suas nuanças e artimanhas. Assim como Maquiavel, não faço julgamentos, mas observações que, em momento algum representam coisas com as quais concordo, mas que vi e relatei aqui.

O fato é que todo mundo que já se encontra no mercado de trabalho vai identificar vários personagens e situações presentes neste livro. Dessa forma, espero ajudar ao leitor a entender melhor esse cenário de poder que se chama ambiente de trabalho.

Estive à frente de muitas situações de gestão em minha vida e posso dizer que a grande lição que tive foi o conhecimento que adquiri das pessoas e de mim mesmo. Consegui me alinhar com a máxima *Nosce te ipsum* (conhece-te a ti mesmo). A verdade é que poucas oportunidades tão boas são dadas pela vida a uma pessoa de se autoconhecer quanto aquelas que as atrelamos ao poder atribuído. É àquela história de *"se quer conhecer uma pessoa, dê-lhe poder"* que eu acresço *"se quer conhecer a si mesmo? Olhe para si e suas atitudes quando esteve em situação de poder"*.

Aquele ali nunca foi tão você.

Boa leitura.

Introdução

Agere non loqui

Pensava com meus botões como as ideias nos fogem quando as queremos por perto enquanto batia com a parte de trás da caneta sobre uma folha em branco. Há muito tempo meu processo criativo passava por esse ritual. O som da caneta batia sobre a folha funcionando como um tipo de mantra invocador de ideias. A vista se perdia na janela como se a inspiração fosse chegar pelos correios. Mas ela é traiçoeira. Às vezes, até chega, mas é igual a encomenda comprada em site da China... Demora pra caramba.

Entretanto, naquele dia, diferente da encomenda de site chinês, a inspiração chegou antes do prazo na figura de um homem baixinho (1,60 no máximo), levemente calvo, nariz meio batatinha e formato de corpo semelhante àquelas canetas com líquido corretivo. Os trajes demonstravam acuro, mas revestido de uma simplicidade que permitia deduzir que não tinha que declarar IR anualmente e usufrui do PIS todos os anos. Quiçá de bolsa família ou outro auxílio do governo. Sua fala era mansa e pausada como quem lapida cada palavra para fazer a frase "dizer exatamente o que quer dizer". Entretanto, isso foi coisa que só descobri semanas depois de ouvir a história que ele tinha para me contar. Naquela hora, falava de forma esbaforida e cortada.

Ele tocou a campainha do meu prédio e pensei que fosse o cara da quentinha que havia encomendado há uma hora. Tocou uma vez, tocou duas vezes, tocou três vezes em menos de 10 segundos. Aquela ansiedade era do cara da quentinha que trazia a minha refeição em uma lista de dezenas para entregar. Talvez por isso a pressa e insistência. Desci para atendê-lo e com os olhos arregalados um homenzinho me esperava. Mal abri a porta e ele disse:

- Professor, meu nome é Lourival, o senhor não deve se lembrar de mim, o senhor deu aula para o Claudionor, meu irmão mais novo no 2º grau, lá pelos idos dos anos 90. Estou aqui porque sei que o senhor gosta de escrever e tem jeito para isso. Marquinho me lembrou disso... Exatamente por isso estou aqui.

- Marquinho? Perguntei confuso com o que havia dito já que não lembrava de ninguém e, ao mesmo tempo, vinha-me à mente um monte de gente com esse nome. Lembrei-me de um colega que estudou comigo, de um outro com quem trabalhei, de um colega antigo do meu pai.... Mas eu o deixei prosseguir para ver a relevância do nome na história. Sempre fazia isso.

O fato é que eu detestava quando alguém fazia questão que eu conhecesse alguém antes de saber sua REAL relevância para a história a ser narrada. Às vezes, o narrador se empenhava um tempão dizendo que era eu conhecia sim, que era um rapaz assim, assado, parente desse e daquele e no final, sua participação na história era irrelevante considerando-se o tempo gasto explicando quem era ele. Dessa forma, quando alguém falava: você conhece o Zé? Eu dizia de imediato que conhecia e, se ele era relevante para a história e eu não conhecia, no fluxo da narrativa eu perguntava: quem é o Zé mesmo?

Era um hábito que preservava minha paz e mesmo não fazendo ideia de quem seria o Marquinho naquele momento, deixei passar... Como sempre.

- Isso. Marquinho, meu guia espiritual... Enfatizou

- Oi? Perguntei de forma perplexa.

Ele confirmou o que eu pensei que ouvira. Só não entendi muito bem a história de guia. E, então, continuou.

- Na verdade, nasci católico filho de mãe devota de Santo Expedito, virei evangélico quando jovem por causa de uma namorada, terminou o namoro e fiquei sem graça de voltar para a igreja católica. Frequentei uma sinagoga, mas desanimei com a história de circuncisão. Disseram-me que cortam um pedaço do "trem da gente", sabe das coisas de baixo e pensei que não poderia me dar esse luxo, pois qualquer centímetro sei que faria falta. Fui a uma mesquita, mas sabe como é a mídia.... fica associando os caras a ataques à bomba e acabei desistindo. No fundo, acho que isso é só terrorismo com a gente que quer se iniciar na religião, mas enfim, desisti. Daí, comecei a namorar uma moça que era filha de santo... Pensei. Bom, ninguém me conhece mesmo, vou começar a frequentar sem o olhar reprovador das carolas da igreja da minha mãe, sem cortarem minhas coisas e nem ficarem me olhando com reprovação como se eu gostasse de explodir coisas e pessoas. No começo das minhas idas, eu tinha até um certo orgulho ser genro de santo. Afinal, namorava a filha dele... Até que percebi que santo não era necessariamente alguém e nem meu sogro propriamente dito.

- Pois então... Adiantei o rumo da prosa que, no fundo, não me parecia levar a lugar nenhum e somava-se a isso a fome resultante da espera da minha quentinha.

- Pois então... É isso! Continuou. Logo nas primeiras idas ao centro de umbanda, senti umas coisas estranhas e um dia... Vupt! Eu me descobri médium...

- Hã?! Interpelei.

- Sim. Médium. Dando passividade, ou como as pessoas dizem "recebendo santo".

- Tudo bem. Mas onde eu entro nessa história? Interrompi de novo até porque ficar em pé na portaria do prédio não estava legal.

- Então, eu recebia entidades normais, espíritos sofridos etc. Eu dava aquele suporte espiritual e logo assumi posição na casa de um dos médiuns de destaque envolvidos em todo tipo de trabalho. Tudo ia bem até que um belo dia...

Pausa aqui. A moto do correio chegou trazendo uma encomenda da China que havia comprado uns 4 meses antes. Nem lembro do que se tratava mais. Pausei a conversa. Assinei a guia de entrega e dispensei o correio. E o meu almoço, até agora, nada.

- Pois então... De uns meses para cá, comecei a receber uma entidade que não se dizia sofrida, nem vagando, mas precisava de um porta-voz para dizer coisas que seriam úteis às pessoas e queria também desfazer um grande mal-entendido com relação ao seu nome. Ele tem um nome estranho que eu sempre esqueço... do tipo Marquinho Abel... Disse que foi conhecido em sua época... Às vezes, eu pensava que era algo do tipo "maquia velha" ou "marquinha velha".. Mas, enfim, achei mais estranho e ficou o mais razoável dos nomes que era mesmo Marquinho Abel. Ele me contou que, em sua época, escreveu um livro sobre príncipes, pensei que fosse contos de fadas, mas não... Era um livro de política.

Pensei por alguns instantes que o homenzinho estava falando sobre Maquiavel, Nicolau Maquiavel. E interrompi, mesmo levemente descrente daquela história toda.

- Não seria Maquiavel, ao invés de Marquinho Abel? Perguntei.

O homem parou, pensou, coçou o queixo.

- Então, sempre chamei de Marquinho e ele nunca deixou de atender. Será que tinha medo que eu pensasse que ele era um espírito ruim, malvado? Se bem que com esse nome. Vai se pensar o que além disso?

A conversa animou e resolvi dar corda para ver até aonde o homem iria.

A comida chegou. Convidei-o para entrar já que gostaria de ouvir o resto daquele papo que, na pior das hipóteses, me daria risadas posteriores e me desfocaria da angústia de querer escrever e estar encalhado em uma entressafra criativa. Ele subiu e guardei a comida no microondas, afinal, a essa altura do campeonato, ela poderia esperar um pouco mais. Ofereci a ele para almoçar, mas ele disse que não. Completou dizendo que não queria almoçar já que essa missão era prioridade. Pediu licença, sentou-se em meu sofá e disparou o resto da história realmente como quem precisava colocar tudo para fora mesmo.

- Desde o dia em que encontrei esse espírito todos os outros fizeram um bloqueio e não falam mais comigo, não há ponto que ajude a "descer" ninguém. E só dá Marquinho Abel pra cá, Marquinho Abel pra lá.. Digo, Maquiavel... Vou custar a me acostumar com esse nome do Marquinho. Concluiu em desalento.

- E então ele falou, "*olha Lourival, vamos fechar isso. Eu preciso dar o meu recado e desfazer um grande equívoco que gira em torno de meu nome. Você escreve a minha história e eu libero a fila aqui que já tem um caboclo, um preto velho, mas, no final da fila, parece que tem um rapaz meio atormentado que já está achando que você está de má vontade com ele. Sei não, mas com um jeitão de que vai te obsediar mesmo por causa disso.*"

- Aí eu desesperei.. Continuou Lourival, nunca escrevi nem carta, nem em mensagem de celular eu me aventurava com frequência... Sou curto e grosso. Aí, o Marquinho falou: "*cara, eu não devia, mas então, para não te enrolar, vou te dar uma força. No bairro tal, mora um cara, que deu aula para seu irmão, que é professor, gosta de escrever e anda numa seca de coisas para colocar no papel que nem te conto. Dá um pulo lá e convence o camarada. E sugiro que agilize isso porque, nesse momento, entraram mais dois espíritos atrás daquele com cara de obsessor e estão reclamando horrores da demora em andar a fila. Acho que está se formando uma legião ali... Agiliza as coisas se não vai dar ruim para você. Dá seus pulos*".

Fiquei chocado com a revelação e influenciado pela dramaticidade da narrativa do homem, passei a levar Lourival muito a sério. Na pior das hipóteses, me renderia uma excelente história. Na situação, tudo que eu mais queria.

Posteriormente, eu o descobri como Lourival de Ogum, funcionário público municipal há muitos anos, casado com Salete, a namorada que o levou para o terreiro e pai de um casal, Jorge e Bárbara. Homenagem aos seus santos/orixás, dele e da esposa. Realmente, lembrei-me de seu irmão, Claudionor, pois era um moleque gente fina que acabou passando para a prova de fuzileiro naval no Rio e por lá ficou. Eu o vi algumas vezes depois, mas só um papo rápido.

- Mas então Lourival...?

Resolvi retomar o papo, depois de perceber que ele estava realmente alterado como esse "dá ou desce" que recebeu do "Marquinho".

- E, então, que estou aqui implorando socorro com essa missão, concluiu Lourival com ares de que eu seria o seu salvador.

Deixei-o na sala e fui ao escritório onde busquei em minha estante um exemplar de "O príncipe" de Maquiavel. Mostrei ao Lourival a parte de trás onde havia uma pintura de Nicolau Maquiavel, filósofo, historiador, poeta, diplomata e músico de origem florentina do Renascimento. Viveu no final do século XV e início do XVI e ficou reconhecido como fundador do pensamento e da ciência política moderna. Lourival olhou e disparou:

- Gente, é o Marquinho... Só que mais novo e com cabelo diferente e mais magro, um pouco mais magro.

Ali, eu me convenci de que se tinha uma boa história para contar era a do Lourival, ou do Marquinho, ou do Maquiavel... Enfim, agora, ganharia as cores das minhas letras, minha história também.

- Então tá, Lourival. E começamos por onde? Falei empolgado com o que viria pela frente de possibilidades.

Ele me explicou não era assim não, do nada e que tinha que combinar com o espírito hora e local para trabalhar. A sorte era que Maquiavel não andava muito ocupado e com agenda mais folgada, toparia horários mais flexíveis. Até porque, ele tinha forte interesse em dar cabo dessa tarefa e desfazer um monte de mal-entendidos que arrastaram seu nome para lama das pessoas malvadas dos últimos 500 anos virando até adjetivo em português, maquiavélico. Segundo o dicionário, uma palavra com o sentido de maldoso, ardiloso, pérfido, astuto, ou seja, nada positivo para sua reputação.

***

Era segunda-feira, e, para dar tempo de acertar com o espírito além de Lourival poder dar conta dos seus trabalhos que lhe rendiam o sustento da família, combinamos para o sábado seguinte. Dessa forma, daria jeito de resolver tudo e tirar o dia com calma para ouvir tudo que o Marquinho Abel, nome carinhoso pelo qual Lourival insistia chamar Maquiavel, viria para nos dar o ar da graça e contar o que tinha para contar.

A semana passou na mais plena tranquilidade. Vez por outra Lourival me mandava uma mensagem de celular (em áudio porque não gostava de escrever) que me fazia ter me arrependido de ter trocado telefone com ele. Recebi, nesse tempo, 4 "bons dias com cachorrinhos de papel de carta", 3 correntes compartilhadas, 4 orações (encaminhadas), 4 áudios de notícia falsa (longos pra caramba) e uma imagem de uma lista de nomes em que nem cliquei porque tinha a maior cara de ser o negão avantajado que circulava nas redes sociais. Lourival era um piadista. E não sabia usar envio de mensagens direito como a maioria dos usuários. É normal isso. No meio disso, Maquiavel mandou uma mensagem dizendo que para ele, sábado estava ótimo e que iria se programar para o encontro.

O sábado chegou e, às 8 da manhã, Lourival já tocava minha campainha.

- Entra, Seu Lourival. Fica à vontade. Subimos e sentamos na sala onde eu já havia preparado tudo para os registros. Havia uma câmera, um gravador e eu colocaria o computador no colo para ir anotando o que pudesse me escapar. Ele ficaria sentado em uma poltrona onde bem acomodado faria as honras da casa ao bom e velho "Marquinho". Ele se sentou em silêncio e esperamos um sinal.

O médium ficou meio sem graça, pois uns 20 minutos depois e nada. Nem sinal do pensador florentino. Mais 20 minutos e nada. Ao que comentei:

- Acho que ele não vem hoje, vem?

- Não. Vem sim. Ele não deixa furo. Deve ter acontecido alguma coisa. Marquinho é firmeza, completou.

Nesse instante, ele deu uma tremelicada de ombro, um abaixada de cabeça e vupt... Lourival levanta levemente a cabeça, fica em silêncio e quando o queixo antes encostado no peito já aponta para cima, ele tem um olhar diferente e uma voz mais arrastada.

- *Buongiorno, amici! Scusa per il ritardo,* falou em italiano. Desculpe o atraso, completou em português.

- Sem problemas, disse eu.

- Então começamos por....? Perguntou o espírito.

- Pelo início, retruquei. Que tal me dizer logo de cara por que escolheu o Lourival?

- Afinidade. Gosto dele e ele é médium. Basicamente isso. Ah sim.. não sei se te falou, mas Lourival tem um histórico interessante. Ele trabalhou em comitê de campanha de candidato a prefeito, deputado federal, deputado estadual, foi cargo comissionado durante mais de 10 anos. Trabalhou na iniciativa privada durante o mesmo tempo sendo, nesse entremeio, chefe de equipes e conheceu o que é a luta pelo poder de perto também. Viu pessoas tramando, mentindo e, às vezes, até encomendando "soluções" para desafetos...Se é que me entende... Lourival poderia servir de exemplos ao trabalho quando os meus exemplos não mais se adequassem ao mundo moderno. Isso ajudaria o que tenho a dizer.

- Sim. Entendo.

- Pois então, Ele, assim como eu, viu de perto o que é a luta pelo poder e suas estratégias. Ele sempre foi muito ético na sua conduta, mas foi um grande observador de seu meio e aprendeu muito sobre a essência humana e como este lida com o poder. Assim como eu o fui.

- Mas você não acha que questão da escrita poderia ser um empecilho? Indaguei.

- Sim. É claro que eu sabia, mas, no fundo ele sabe organizar as ideias e escrever sim. Só não lembra totalmente... Ele é quem fez revisão gramatical e ajudou no copidesque na minha primeira versão de "o príncipe".

- Copidesque? Perguntei com um riso no rosto.

- Sim. Aprendi essa palavra a pouco com o pessoal de seu tempo e acho que se aplica ao caso.

- Ok. Mas e quanto a mim? Por que o mandou procurar a mim?

- Pensa bem. Pelas mesmas razões. Você viveu o que é a disputa de poder, conheceu gente que mudou muito por causa de poder mostrando o seu lado mais feio, gente que mentiu, tramou, traiu por causa de poder. E não estamos falando de dinheiro não, estamos falando de cargos meia boca que só davam prestígio social. Muita gente no seu caminho já tinha até muito dinheiro e ainda assim se sujou pelo gozo do poder e do cargo. E assim como Lourival, você sempre foi um grande observador dessa luta pelo poder. Essa luta nunca respingou em você que optou por observar para entender. Ao final, ganhou muito quando resolveu guardar suas observações para si na certeza de que nem todos estão prontos para ouvir certas coisas. Somos o trio perfeito para essa tarefa. Concluiu.

- Mas eu tenho alguma coisa a ver com o seu livro ou a sua história como foi o caso do Lourival? Perguntei para ver se achava mais uma razão melhor para estar ali.

- De certa forma sim... E continuou. No século XVII, você foi o primeiro a ler minha obra, associá-la a algo maligno e criar o adjetivo maquiavélico. Enfim, virei um adjetivo e não dos mais lisonjeiros. De lá para cá, até o drácula do Bram Stocker recebeu esse adjetivo, Hitler, Mussolini, Stalin. Enfim, todo filho da mãe que agia de forma cruel, sórdida, ardilosa e antiética lá estava grudado o termo maquiavélico como aquele cara mal que trama, que trai, que age ignorando o aspecto moral dos meios e com o foco nos fins. Em resumo, você deu a grande força para que eu ficasse conhecido na história como um dos homens mais filhos da puta que pisou por aqui. Peguei tanta implicância com meu nome que até gostei quando o Lourival me chamava de Marquinho Abel. Aliás, adoro os diminutivos da língua de vocês. Eles são fofos. Ninguém que chama Marquinho pode ser mal, isso é nome de boa praça, gente fina...

Eu ouvia toda a história com os olhos arregalados e sem ter o que dizer. E ele continuou.

- Então tá. O que eu poderia esperar de você reencarnado como alguém que sabe redigir bem? Sim. Uma retratação. Completou. Então, vamos lá. Não percamos tempo. Você e o Lourival e mãos à obra tem um trabalho a fazer.

- Eu nem sei o que dizer. Disse com ar de culpa e arrependimento por algo que nem sabia se tinha feito, mas se o tivesse, teria sido uma sacanagem mesmo. Não fui um cara legal, e, acredito, não foi a primeira vez.

- Em outras circunstâncias, eu diria que pode começar pedindo desculpas, mas como nosso tempo é curto, digo, vamos ao trabalho.

Com a câmera ligada e o gravador também ele começou...

- Há vários tipos de principados....

- Hoje, não mais...

- Não? Ah é... é verdade. Eu sei falar de principados... será que não tem nada parecido? Se bem que é aí que você e o Lourival têm que entrar, né não?.

- Acho que não tem mais isso de principado, mas uma coisa eu sei: tem muita gente que ainda pensa que é rei ou príncipe porque ocupa um carguinho sem vergonha. Brinquei.

- Pois então. Conhece alguém?

Percebi que da minha piadinha, nascia uma nova versão de O príncipe.

- Já tive vários chefes assim... Ri.

- Pois é isso. O Chefe e não o príncipe.

- ...que pensa que é príncipe, sentenciei.

- Isso. Então vamos agir e não só falar... *Agere non loqui*.

E assim começou a história de um médium, um espírito do renascimento com má fama, um professor metido a escritor e uma galera de espíritos atormentados na fila aguardando a vez de ser atendidos. Segundo Marquinho chegaram mais 3 desde o início da conversa aqui.

Até eu já estava preocupado com a tal fila.

O chefe

Sapientiam autem non vincit malitia.[1]

Todos aqueles que desejam cair nas graças do chefe costumam a fazer coisas que consideram que vão agradar de alguma forma como convidar para batizar um filho, rir de piadas sem graça, fazer churrasco em sua casa sem o chefe precisar levar nada, concordar com ideias absurdas de forma convincente, coordenar festas surpresa no local de trabalho, fazer lista de chá de panela ou chá de bebê se ele vai casar ou se teve filho. Gostam ainda de dar presentes como canecas personalizadas, camisetas com dizeres elogiosos, canetas e coisas de escritório personalizadas ou mesmo homenagens e elogios abertamente explícitos em redes sociais e em lista de email corporativo. Todas essas coisas tendem a manter o ego do chefe bem alimentado e nutrido. Assim sendo, com a ideia de oferecer ao senhor um testemunho de minha submissão não encontrei entrei minhas coisas nada que considere tanto quanto o conhecimento que acumulamos nesses anos todos

---

[1] Contra a Sabedoria, o mal não prevalece

de empresas privadas e públicas e que, após reflexão, e muita observação coloco nesse humilde volume e dedico ao senhor.

E, ainda que considere um presente muito mixuruca e prefira as canecas personalizadas com os dizeres "best boss" ou "Eu amo meu trabalho", acho que deveria aceitar esses escritos por duas razões: a primeira é que se trata de compreender em curto tempo e com risco zero como funcionam as coisas do mundo da chefia em tempo muito mais curto do que eu o fiz. E, em segundo, porque me deu um trabalho do caramba redigir isso tudo, revisar e trazer aqui como presente. Dessa forma, peço que para o bem de minha autoestima, diga "Muito obrigado, não precisava se incomodar".

Não enchi essa obra com períodos cheio de enrolação uma vez que não quero que nada chame mais atenção do que as discussões que apresento aqui e porque acho muita frescura ficar dando volta para falar as coisas e sei que o senhor não tem tempo sobrando para textos longos e cheios de sugestões. Lugar de textão é no Facebook e, normalmente, ninguém lê. Só curte para agradar o chato que postou. Por isso, fui direto ao assunto.

Também não quero que pense que é muita presunção de um homem de tão ínfima condição ficar dando dicas que, aliás, o senhor nem pediu. Pode soar como "ensinar o padre a rezar missa", "seu pai a fazer filho", mas longe de mim querer fazer isso. Na verdade, é mais um amontoado de reflexões sobre as coisas do mundo corporativo e tudo que eu pode ser visto nesses anos como funcionário do setor público e privado. Fui chefe e chefiado nessa vida e aprendi que para conhecer o caráter de um chefe é preciso ser funcionário e para conhecer o caráter de um funcionário é preciso ser chefe. Daí, minhas observações. Receba assim, magnífico chefe, esse presente que se for lido e considerado com atenção verá que reflete meu desejo de que sua grandeza se perpetue cada vez mais. E, se um dia, das alturas de sua magnificência, voltar seus olhos para baixo, verá a perrengue em que ando nesses tempos, com escola das crianças atrasada, condomínio atrasado, perdi o carro que não consegui quitar e ando com uma rinite crônica que não me deixa quando o tempo fica seco demais. O fato é que Einstein morreu, Galileu e Darwin também e eu confesso, que não acordei me sentindo bem.

Capítulo I - De quantos são os tipos de empresas e como são adquiridas

Plurima praestat amor, sed sacra pecunia cuncta.[2]

Todas as empresas que existiram até hoje são de natureza pública ou privada. Não há uma terceira opção. Aí, o leitor chatinho diz, mas há empresas que são de capital misto. Sim, caro leitor. Eu sei. Logo, elas são as duas coisas ao mesmo tempo, mas não completamente uma das duas somente. No universo privado, as empresas são um patrimônio construído ou herdado. No setor, público, elas não têm um dono. Daí a ideia de alguns políticos de poder gerir sem se preocupar com o conceito de prejuízo. Deu ruim? Alguém sempre paga a conta (no caso, eu ou você leitor).

Ainda que alguns partidos políticos que cheguem ao governo pensem de forma contrária e passem a agir como se

---

[2] Amor faz muito, mas dinheiro faz tudo

aquela empresa pública opere como um braço de seus interesses no eterno poder, elas não pertencem a ele. Mas um dia, mesmo pela natureza das empresas públicas (todo mundo meio que vigiando porque acha um absurdo que somente fulano tire proveito.), a casa cai e os pretensos "donos do patrimônio público" e seus amigos alocados lá caem. O mais terrível é que, essas quedas se dão não por uma luta de um grupo ideológico pela legalidade da natureza jurídica da coisa pública, mas por considerarem que está rolando uma festa para a qual eles não foram convidados. Na verdade, o que incomoda o brasileiro, normalmente, não é a orgia com o dinheiro do contribuinte, mas o fato de ficarem de fora da farra, é não ter sido convidado para essa festa pobre e ter ficado na porta estacionando os carros.

Enfim, não vou sair dando exemplos aqui para não azedar o relacionamento com alguns leitores logo no início da conversa. Prossigamos.

***

O fato de uma empresa pública ser um patrimônio do povo não quer dizer em momento algum que ela pertença ao povo. Confuso? Pois é... Então, eu achava super fofo quando, em tempos de privatização, alguns ativistas gritavam que essa ou aquela empresa pública é "nossa!" Não. Não é. Ela é um patrimônio quase imaterial para o homem comum que não usufrui qualquer benefício de ela ser estatal ou privada. Gasolina, gás, transportes etc, na maioria das vezes, obedecem aos acordos de taxação que levam em conta o dólar, custos negociados e os seus reajustes, muitas vezes, são estabelecidos pelo estado mesmo. Sendo assim, se a alegação é a de que se for pública, o preço vai ser mais baixo, está redondamente enganado, pois, no fundo, não faz a menor diferença. E se o governo tem uma companhia de serviços e resolve colocar seu produto abaixo do custo de oferta, vai gerar uma diferença que alguém vai ter que pagar. Normalmente, quem foi beneficiado pela redução. Sendo assim, não precisa ser um gênio para perceber que vai se andar em círculo.

Entendam uma realidade: o Estado não produz nada, ele vive do recolhimento de impostos de quem produz. O meu, o seu, o do seu Tônico, o da Dona Toninha, o da Tia Odete. Se o contribuinte não consegue algo com seus recursos próprios, por que se pode imaginar que o Estado, que vive dos recursos deste contribuinte, ofereça a ele o que ele não consegue obter? Se eu não consigo, quem eu sustento não terá muito mais condições do que eu de oferecer a todos os recursos de que não disponho. Essa é a ilusão no ciclo produtivo.

Capítulo II - Das empresas hereditárias

Ut sementem feceris, ita metes.[3]

As empresas hereditárias são aquelas que, dentro de uma família, vão caminhando de geração em geração. O bisavô criou, passou para o avô que passou para o pai do cara que passou para ele. Normalmente, são sólidas e estáveis, mas não são muito produtivas, pois os critérios adotados na gestão tendem a ser mais afetivos do que lógicos. Muitas vezes, mantém pessoas em suas funções cuja principal competência no currículo é ser filho da tia Alice que é irmã do seu pai. Mantém um funcionário que já não serve mais para nada simplesmente pelo fato de que "ele esteve com a gente desde o começo". Pode parecer um comentário cruel, mas é fato e considerando a natureza pouco gentil como as coisas são conduzidas no universo empresarial, soa razoável. Essas empresas hereditárias são muito resistentes a gestão profissional e tendem a sucumbir ao mercado quando esse é mais selvagem.

---

[3] Cada um colhe o que planta

Uma outra razão pela qual empresas familiares tendem a cambalear pela vida são exatamente os herdeiros. Muitos foram acostumados a receber o benefício da empresa a vida toda sem trabalhar nela. Daí, a questão: para que trabalhar nela se os benefícios seguem fluindo e permitem a herdeira Jéssica e Matheus fazerem seus cursos de moda e cinema sem ter que se preocupar em ganhar dinheiro. O negócio é seguir sua vocação e fazer um curso de cinema experimental na Holanda e terapias holísticas no Peru. Afinal, eu nasci para seguir os meus sonhos e não os dos meus pais.

Isso é coisa que filho de dono de negócio pobre não pode nem sonhar em fazer. Se o pai tem um botequim, eles pegam o negócio e tocam para frente, muitas vezes, conseguindo perpetuar a venda de ovos cozidos coloridos e cachaça por gerações. Na minha cidade, vi botequins passarem por gerações...

Em alguns casos, um dos herdeiros de empresas de ricos enxerga que ali é uma maneira de começar a trilhar um caminho que já foi riscado no chão e se ele for esperto vai ajeitar sua vida logo assim que começar. Enquanto isso, o irmão segue seu curso de expressão corporal metafísica em Oslo e sua participação em uma ONG que luta para defender as tartarugas transexuais da ilha de Java. Obviamente, bem longe de Java... Só pela internet.

Sendo assim, o desequilíbrio no ganho que o negócio herdado dá é injusto e um trabalha para que o outro usufrua *ad eternum* os benefícios dos antepassados.

***

Isso me lembra a parábola do filho pródigo. Resumindo para quem não fez catecismo é aquela história do filho que pegou a parte dele da grana que o pai dividiria para os filhos, meteu o pé no mundo, bebeu, curtiu, mulherada e tal. Um dia, quando acabou o dinheiro apareceu com a o rabo entre as pernas e o pai deu uma baita festa e gastou dinheiro com isso. Um dos irmãos ficou puto com o pai (e com razão) e falou: poxa, pai, que vacilo...

E com razão, qualquer um ficaria muito puto com o pai agindo assim, mas como a moral da história era a coisa de amor do pai pelo filho, fica uma história bonitinha e todos vivem felizes para sempre. Na prática isso não rolaria tão simples assim.

Tudo segue em harmonia, menos para os irmãos dele... é claro.

Mas voltemos ao assunto.

***

Nesses casos, o herdeiro gestor deve ser malandro (não disse desonesto) o suficiente para criar ambientes que o favoreçam mais e mais por estar à frente dos negócios como a criação de pessoas jurídicas satélites da empresa para criação de parcerias com a empresa mãe. Se esse gestor herdeiro for hábil criará um sistema solar de empresas no entorno que, muitas vezes, serão mais fortes do que a empresa-mãe e criarão uma dependência simbiótica dela com suas associadas.

Se herdou e geri uma escola, abra papelarias, lanchonetes, franquias de formação profissional e outras atividades que girem em torno da instituição de ensino e, ao mesmo tempo, dependam dela. Dessa forma, você ganha fora do patrimônio herdado e ocupa uma posição estratégica no caso de venda futura, afinal, você sabe o andamento do negócio central em que se encontra ancorado esse entorno. Sinais de abalo, talvez seja hora de se retirar.

No final das contas, os demais herdeiros não perderão sua herança original, mas farão direito somente ao que se refere à empresa-mãe. O universo em torno dela nada lhes diz respeito legalmente falando.

Essa é a saída que todo herdeiro gestor nesse tipo de empresa deve adotar ou, de outra forma, passará a vida colocando azeitona na empada dos outros na espera de algum reconhecimento que, na verdade, NUNCA virá.

Capítulo III - Das empresas mistas

Occasio facit furem.

No Brasil, não é tão comum este tipo de empresa. O que temos são grandes empresas privadas que abrem parte de seu capital (continua sendo privadas) ou empresas públicas que também abrem seu capital (como a Petrobrás, por exemplo). As primeiras são simpáticas a essa medida já que recebem dinheiro externo. Em contrapartida, passam a ter que seguir um monte de regras de mercado (governança corporativa e tudo associado a esse conceito). As segundas são resistentes porque existem grupos políticos partidários que veem a coisa pública como uma oportunidade única de arrumar a vida dos companheiros em 4 anos e, de repente, garantir mais 4 anos. É mais ou menos como aqueles programas de auditório em que o cara coloca o sujeito com um carrinho de supermercado, dá 1 minuto de compra e grita Valendoooooooooo! Aí, os políticos têm 4 anos para pegar o que dá para pegar e ainda pavimentar a estrada de mais um mandato. O que incomoda esses saqueadores do patrimônio público é que, quando elas abrem o capital para serem mistas, acabam se vendo pressionados por quem, da iniciativa privada, injetou dinheiro ali e quer retorno.

Achava curioso quando um "ativista da oportunidade" gritava contra a privatização e dizia que a Petrobrás, por exemplo, era nossa. Não, meu amigo. Nunca foi e nunca será. Ela é uma empresa e você é só um assalariado que vai pagar a gasolina de acordo com o mercado internacional seja ela privada ou pública. Ah... sim. Os impostos continuam sendo recolhidos porque Petrobrás seja ela pública ou privada nada a isenta da tributação? E os lucros continuam sendo divididos entre os acionistas e/ou retornando para empresa como investimento. Enfim, também não vão para o seu bolso. Dessa forma, a Petrobrás não é sua. Para com isso que está ficando feio.

Dessa forma, muitas são as razões que levam uma empresa a ser mista, mas todas apresentam bônus e ônus do processo.

Capítulo IV - Por que os funcionários não ficaram indignados com a sucessão do presidente

A indignação vem por duas razões: perda ou redução de algum privilégio. No geral, as pessoas cagam e andam (como dizia minha avó) com relação a quem está no topo da cadeia alimentar de uma empresa. Contanto que não reduzam ou retirem algum privilégio que apelidaram algumas vezes de direito adquirido.

Por exemplo, seu Jorge chegava meia hora depois do início do expediente por razões pessoais, no final do horário, ele se acostumou não ficar os 30 minutos além durante anos. Seu Jorge adequou sua vida a esses trinta minutos a menos. Se o presidente determinar o cumprimento do tempo, considerando que, ao final de 30[4] dias são 900 minutos, ou seja, 15 horas não trabalhadas (quase 2 dias), o presidente será inserido na categoria de grande filho da puta.

---

[4] Sim.. eu sei que não são 30 dias, mas, em média 26 dias considerando-se a retirada de 4 domingos em um mês (mas têm mês que tem 5 domingos.. eu também sei.). Sim... eu arredondei para simplificar a conta, mas fique a vontade para aplicar uma regra de três.

Zuleide mora em uma casa cedida pela empresa, ainda que tenha condições de pagar aluguel. Entretanto, ela se organizou anos nessa situação. O novo presidente entende que isso gera um gasto desnecessário e passa a dar duas opções, cobrar um aluguel abaixo do mercado dos funcionários que moram há muitos anos ou vender os imóveis para capitalizar recursos desse passivo da empresa. Com certeza, D. Zuleide, apesar de saber que não é obrigação legal da empresa manter seu aluguel, ficará com muito ódio do presidente.

O presidente ficará lembrado como o pior de todos e tudo que ele fizer de bom será abrandado e o que fizer de negativo será potencializado. Pelo menos, essa é a visão daqueles que gozavam dos privilégios terão. Resta saber quantos eles são, em que posição estão e qual impacto isso gera nas relações.

Sendo assim, toda ação de um gestor sobre privilégios internos, isso desde benefícios financeiros até liberdades (como o caso do tempo de atraso do seu Jorge) deve se levar em conta quem são os beneficiados e quantos são. As pessoas se lembrarão mais do que você tirou do que o que você deu. Por isso, quando for retirar algo, avalie os parâmetros acima e retire tudo de uma vez e tenha sempre em mãos um conjunto de "compensações" que abranjam um número maior de pessoas. Essas compensações, diferentes dos cortes não devem ser imediatas, mas dadas em suaves doses homeopáticas.

Toda ação negativa deve ser feita de um só golpe e seguir-se de pontuadas ações benéficas em doses longas, pequenas e por um período que dissipe o desconforto da ação negativa. Isso beneficia um grupo maior, ameniza a dor da perda dos injuriados e atenua os descontentamentos.

***

No Brasil, há uma perversa deturpação do conceito de direito que não sei, na verdade, se é do ser humano ou do povo daqui. No setor público, então, isso salta aos olhos de maneira grotesca. Se aprovassem uma lei que determinasse que todas as pessoas com a letras M no primeiro nome teria um adicional de 10 por cento no salário, todos com a letra M entrariam com o pedido e ninguém se preocuparia com o aspecto moral e distorcido da lei. Quem ficaria indignado seriam os outros, mas não pela imoralidade do fato, mas porque não seu nome não se enquadra na lei. Maria e Mauro jamais questionariam a imoralidade do fato, mas alegariam que não querem nada mais do que "o que é seu de direito." Enquanto isso, Ana, Bruno e Claudio ficariam indignados. Até que a lei dos nomes com A, B e C os contemplassem.

Nem todos que usam essa expressão são canalhas, mas com certeza, canalhas se apropriam dela como se fosse um mantra que justifica todas as suas ações.

***

A questão é que diante dessas situações de desequilíbrio no tratamento dos privilégios, o chefe deve entender que a omissão vai só prolongar o problema e, longe de resolvê-lo, vai fazer com que outros reclamem para si o mesmo tratamento em nome da isonomia. O que me parece ser um argumento razoável.

Em muitos locais de trabalho, as pessoas acabam sendo julgadas incompetentes, desidiosas ou corruptas em razão de uma minoria que realmente adotou esse comportamento. Ou seja, não agir é permitir que os bons, muitas vezes, a maioria, paguem pelo comportamento dessa minoria. *Bonis nocet, qui malis parcit.* Ofende os bons quem poupa os maus.

Capítulo V - Como dirigir uma empresa que traz modos de operação cristalizados

Mallum consilium quod muter non potest

Algumas empresas trazem consigo o "sempre fizemos assim" e deu certo e "em time que está ganhando não se mexe". Principalmente, as empresas familiares guardam esse ranço comportamental.

Muito pelo contrário, a empresa está ganhando em um cenário X, contra concorrentes Ys, não contra todo tipo de concorrente em todos os cenários. Mudanças são ajustes de condutas aos novos cenários e concorrentes.

O grande problema é como fazer com que as pessoas ajam com outras condutas diferentes das que adotaram nos últimos anos. Mudanças culturais são muito difíceis de implantar e geram resistência natural dos atores do processo.

Planos, mesmo que testados e aplicados há anos, devem estar sempre sob avaliação e ajustes. Plano operacional ruim é aquele que não pode ser mudado (*Mallum consilium quod muter non potest*). Mudar é parte essencial do plano. Paradoxal, não?

***

Em uma escola privada, o dono dizia que havia sido adotado um material didático de uma grande franquia, mas que havia resistência de alguns professores que insistiam em reclamar, apesar do treinamento de uso que tiveram e de uma boa qualidade do material. Eles falavam em sala de aula sobre sua insatisfação e de lacunas que "eles" consideravam haver no apostilado. Foram dados mais 2 treinamentos e nada. Prosseguia o problema que acabava fazendo com que alguns pais reproduzissem o discurso dos professores e prejudicasse a imagem da escola.

O problema precisava de uma outra abordagem. No final do ano, houve uma palestra e logo após, uma farta confraternização para os docentes. Lembra da história do morde rápido e assopra devagar? Pois é. Na palestra, foram apresentados os problemas em gerir uma folha de pagamento tão grande, o drama da inadimplência, das evasões.... E, de carona na evasão, chegou-se ao material didático. Foi falado da qualidade do material, do treinamento, dos materiais de apoio, dos dados nacionais de qualidade e, por fim, foi perguntado: *vocês sabem por que esse é o melhor material didático que existe no Brasil?* Todos, apesar das explicações anteriores, ficaram atônitos com pergunta. Porque ele paga aluguel, garante viagem de férias, compra TV nova, paga conta de luz, escola de filho e plano de saúde, concluiu o diretor. Na medida em que ele seguia essa lista, as pessoas começaram a entender que falar mal poderia criar um efeito em cascata, gerar evasão, reduzir receita da escola.... Enfim, seria ruim para todo mundo.

A moral da história é que a escola estava diante de uma nova metodologia diferente das anteriores quando se adotam livros didáticos separados. Isso causou estranheza e rejeição. Não haveria muito o que se argumentar no campo pedagógico. Implantou-se o novo e mostrou que todos tinham que se comprometer porque se der ruim para a escola vai dar muito ruim para eles.

Argumentos que tocam no bolso sempre são bem efetivos. As pessoas tendem a perdoar a quem lhes agrediu, mas jamais a quem lhes privou de seu conforto e dos privilégios. Sim. Elas preservam antes de tudo, o seu bolso.

Capítulo VI - Da ascensão dos Chefes Velhos

Docere per exemplum

Trabalhar com um chefe mais experiente (mais velho no serviço) tem lado bom e mau. Se ele é um profissional competente e de bom caráter, é uma oportunidade de aprender muito desde o ofício mesmo até a forma como lidarmos com as pessoas. Bons chefes formam bons liderados e, provavelmente, bons chefes novos. Já os maus chefes... bem esses merecem um capítulo à parte, mas já falemos de alguns deles adiante.

Convivi com quatro tipos que tornavam a vida profissional um fardo: o **invasivo tentacular**, **o senhor da verdade**, **líder supremo** e o **caótico**.

O **Invasivo Tentacular** é aquele que, sabe-se lá por que razão, quer estar em todos os campos da empresa e seus tentáculos devem atingir as mais estreitas frestas, ele tem certeza de que ele deve saber de detalhes mínimos contábeis até detalhes da limpeza dos banheiros. Desconhece por completo o conceito de delegar e faz questão de que todas as decisões passem por ele. Acha que gerir é saber de tudo e não delegar nada 100% a ninguém, pois acredita que tudo é responsabilidade dele. Normalmente, os processos com esses chefes até andam, mas no ritmo de uma pessoa que quer cuidar de tudo ao mesmo tempo de uma vez, ou seja, seguem muito lentos. São perfeccionistas e controladores e nunca, mas NUNCA mesmo percebem que essa conduta emperra todo o fluxo decisório da empresa e, como todo mau chefe, jamais admite ser confrontado em sua conduta sufocante. Sua maneira de gerir pode ser eficiente em um botequim com dois funcionários, mas em uma empresa com mais de 10 já começa a complicar, em uma corporação com mais de 100 já é a configuração do caos absoluto. Nada anda, nada flui.

Esses chefes me fazem lembrar de uma passagem do livro arte da guerra de Sun Tzu em que o autor diz que um sistema em que temos que pedir autorização até para apagar um incêndio, quando ela chega só tem cinzas. Na organização em que se predomina uma cultura desse tipo de chefia, o que mais se tem são cinzas. E quando não há, pode ter certeza de que a sorte foi parceira deles.

O **Senhor da Verdade** é aquele que se cerca exclusivamente de pessoas para concordarem com ele. O perfil de seus assessores é baseado naqueles que dizem o que eles querem ouvir. Não suporta ser contrariado, não tolera que seus erros sejam expostos e, por fim, quando gosta de contar piadas, não lida bem quando as pessoas não acham engraçado, coisa que seus assessores se encarregam de nunca ocorrer. Esses chefes deveriam vir sem ouvidos na versão "de fábrica", pois é uma coisa que eles não usam nunca. Indo direto ao ponto, eles não ouvem ninguém. Trabalhei com um deles que, com o tempo, descobri que a estratégia era conversar com ele antes, aguardar um tempo, colocar as ideias de forma sútil como se fossem dele e durante a reunião levantar a bola para ele cortar. Se você cortar a ideia é ruim... *Então, e aquela ideia que você sugeriu outro dia... (no caso a sua ideia)."* e deixe ele completar. Pronto. Flui que é uma beleza... Chefes senhores da verdade não precisam se convencer (até porque nunca o serão), mas precisam perceber discursivamente que as ideias, as palavras, o discurso em si podem lhes ser atribuído ainda que não sejam oriundos dele. O trabalho de indução discursiva é uma arte que merece um outro livro. Como todo chefe tóxico, aqui, demanda-se grande habilidade linguística para sobreviver a ele.

Quando essa técnica é usada de forma correta é possível colocar quase todas as palavras na boca do incauto e ele repetir como se a ele pertencesse. Esse tipo de chefe tende a perder capacidade de discernimento por conta de sua vaidade e seu ego que o obriga a comprar 3 poltronas no avião, uma para ele e outras duas para o ego na fileira dele. Piadinhas à parte, são pessoas manipuláveis, mas difíceis no dia a dia.

O **Líder Supremo (Mágico de Oz)**, ah... esse grande *"Capo di tutti capi"*. Ele é uma mistura de toda bizarrice de que falei até aqui, mas diferente dos citados, ele é admirado em seu "ecossistema". Por alguma razão, muitas vezes desconhecida, paira sobre ele uma aura mística que o coloca em um nível acima dos mortais. Um grande feito do passado, um conhecimento que todos proclamam como impressionante. Traz um ar misterioso ou afetuoso. Isso varia muito.

Uma vez conheci um dono de uma empresa que falava aos funcionários por meio de um interfone, tipo o Charlie de "As Panteras". Fui lá algumas vezes, mas não consegui vê-lo. Era só um interfone pelo qual ele falava com os "mais próximos". Eu não tive tempo de chegar a ser um dos mais próximos. No caso, eu ainda era um aspirante a mais distante e isso me privou de um contato com iluminado. Seria uma longa jornada até a promoção e desisti antes de realmente começar.

O mais engraçado é que esses chefes são normalmente as pessoas normais e banais do mundo quando chegamos muito perto para conhecer, vemos que o que eles nos fizeram foi nos obrigar a usar um óculos verde para pensar que a cidade era de esmeralda. Assim como no mágico de Oz.

Não é difícil lidar com esses chefes, difícil é lidar com a mítica que os envolve. Então, por que ele é um chefe mau? Bom, porque se deixar emprenhar pelo ouvido por seu séquito com extrema facilidade. No entorno, dele há sempre uma legião de seguidores que alimenta a crença e se alimenta por tabela do poder que essa mítica emanda dele. Esse grupo é que torna a vida difícil porque, muitas vezes, atua com o tráfico de influência filtrando tudo que chega aos ouvidos do chefe. Deixam chegar a ele o que querem e da forma que querem que chegue. Isso torna tudo muito difícil.

E, por fim, o **caótico**. Normalmente, associa-se a um signo que se diz o primor extremo da organização, mas que todo seu TOC se resume colocar as coisas sobre a mesa de maneira simétrica e alinhadas. Pronto acabou aí. O resto emana caos e desordem, as coisas sobre a mesa seguem perfeitas. Ele não respeita horário, alonga reunião, insere coisas em pauta que não estavam ali nem pedem urgência, esquece compromisso, perde prazo, atrasa conta, não tem foco, perde controle das dívidas, enfim, caótico. Por outro lado, empenha-se que as canetas azuis estejam com tampinhas azuis e não com tampinhas vermelhas. Isso é muito importante para eles que guardam para si a certeza de que são perfeccionistas e organizados quando, na verdade, talvez o sejam, mas com coisas com relevância absolutamente ridícula enquanto as que são importantes mesmo seguem no mar caótico que é sua gestão. O problema de lidar com esse tipo de chefe é que sua desordem é igual a mau hálito. Ele até não sente, quem sente são os outros que acabam tendo que se organizar e redistribuir tarefas por conta e risco.

Esses chefes citados acima, muitas vezes, alcançam os cargos por esses defeitos que acabam sendo maquiados como qualidade: o **Invasivo Tentacular** (alguém que se envolve com todo o processo), **o Senhor da Verdade** (firme/seguro em suas posições), **Líder Supremo** (carismático) e o **Caótico** (sabe delegar e gerir o fluxo valorizando os talentos individuais e as improvisações).

O grande segredo de lidar com esses chefes que já trazem essas coisas arraigadas é descobrir qual o seu ponto fraco. A vaidade é algo muito comum a todos eles que também se enxergam como alguém virtuoso e, por essas virtudes, galgou a posição em que se encontra. Toda conduta em relação a ele deve ser algo que oscile entre a alimentação da vaidade e o zelo para que nunca descambe em alguma forma de adulação. Eles podem ser vaidosos, mas não são burros. Conquistar a confiança, aproximar-se, perceber as brechas discursivas, construir o elo e gerir essa conquista são tarefas que podem levar anos, mas uma vez conquistadas oferecem grandes benefícios.

***

Há uma questão interessante nesses chefes que precisa ser entendida, um tema que tange os meandros psicológicos da compreensão humana: a gestão da autoimagem. Todos nós somos (chefes ou não), no mínimo, três pessoas: quem somos, que pensamos que somos e quem desejamos que pensem que somos.

Quem somos de verdade talvez seja objeto de busca de uma vida e o máximo que sabemos disso é que se trata de um produto de nossas experiências existenciais. Esse "quem somos de verdade" pode nunca ser acessado ou, quando encontrado, torne-se um objeto a ser escondido dos outros. Isso, obviamente, resultante da vergonha ou o desconforto de exibir quem somos de verdade e/ou o seu contraste tão díspar com o que queremos que pensem que somos.

Aí é que são elas: o que queremos que pensem que somos. Por conta disso, as pessoas passam a vida construindo um marketing pessoal para erguer uma imagem de quem gostariam que os outros pensassem que são. Muitos chefes investem numa imagem, mas com a convivência, percebemos que nem de longe aquilo condiz com a realidade no dia a dia. E lidar com esse choque do real com o ideal (deles, obviamente) gera conflitos nos ambientes de trabalho.

Mas, mal sabem eles que, muitas vezes, o que investem no que querem que pensem que são se perde na leitura das pessoas, pois elas, no final das contas, constroem e propagam as suas percepções baseadas nas leituras pessoais e constantemente ancoradas em eventos pontuais marcantes do que em condutas regulares e constantes.

Por exemplo, Jorge sempre fez uma festinha de final de ano para os funcionários dele, mas, naquele ano, não pode fazer. Sempre haverá um comentário sinalizando a mesquinharia de Jorge e como antigamente era bom. Subitamente, esquecerão de todas as festas e o foco será a que não foi feita. E o chefe passará a ser julgado não pelos 2.000 "sims" que deu, mas pelo um "não" que falou. Essa é a essência humana, as opiniões se formam com base no imediato, dificilmente no conjunto da obra.

Quando o chefe percebe isso, ele para de fazer para agradar (ou para ser político) e passa a fazer porque é o certo de ser feito. Além disso, aprende que tudo deve ser usado com parcimônia (inclusive a generosidade) e que quando fazemos algo esperando que isso interfira no julgamento das pessoas alimentamos iminente decepção. No fundo, faça o que você fizer, as pessoas vão pensar o que elas quiserem a seu respeito e não necessariamente o que você investiu que fosse construído como imagem.

O desafio da vida, e não somente em cargos de chefia é lidar com o que somos e não focar no que queremos que pensem que somos, afinal, a maneira como nos veem será sempre uma incerteza e altamente sujeita aos humores e melindres dos nossos colegas.

Capítulo VII - Da ascensão dos Chefes Novos

Mature fias senex, ut maneas diu[5]
Cícero

Parafraseando Nelson Rodrigues, eu diria que os jovens têm os mesmos defeitos dos velhos e mais um, a inexperiência. É claro que temos muito que aprender com todo mundo, até mesmo com os mais jovens, mas aprendizagens relevantes em casos de chefia são extremamente raras. O que esperar de um rapaz de 25 anos que assuma um cargo de chefia? Muito pouco ou quase nada. Todos nós estamos em um processo de aprendizagem sempre, mas eles além de estar nesse processo encontram-se numa situação de muito incipiente.

Eu sei que isso foge ao discurso politicamente correto, mas a maior sabedoria que um chefe novo pode ter é saber se cercar de pessoas que possam auxiliá-lo no processo decisório e com as quais ele possa aprender alguma coisa.

A verdade é que aos 25 anos eu não sabia nada de como gerir, lidar com pessoas, o que falar, quando falar e não existe

---

[5] Fica logo velho, para viveres muito.

nenhuma razão para que eu imagine que os jovens da atual geração sejam diferentes daqueles que começaram a chefiar algo na minha época. Nesse caso, quando são maus chefes, eles conseguem agrupar tudo que desabona mais a inexperiência, isso potencializa o drama no conjunto da obra.

No setor privado, esses jovens ascendem às posições por indicação uma vez que podem ser inexperientes, mas, muitas vezes, possuem bons círculos de amizade. Obtém os cargos porque a empresa é familiar e demanda a formação de uma linha sucessória, ascendem porque é tecnicamente muito bom e torna-se necessário formar lideranças para o quadro repositório da empresa. Enfim, várias são as razões. O que é absolutamente natural no processo.

Nos meus tempos de chefe novo, por sorte mesmo, eu me cerquei de gente mais experiente que me formou e que me dava segurança de o que fazer, como fazer e quando fazer. Ainda assim, vim a incidir em muitos erros clássicos porque, no fundo, era um idiota inexperiente. Melhorei? Talvez, posso dizer que hoje eu seja um idiota mais experiente. Reconhecer isso já me beneficia com o véu da dúvida e isso me permite ter mais lucidez. Mantinha ao meu redor pessoas que me ajudaram muito. Foi uma mãozinha do destino porque eu não tinha a menor noção de como isso era importante naquele momento. Hoje, vejo que não me cerquei de pessoas suficientemente, e que, algumas vezes, não soube dar ouvidos adequadamente aos que estavam ao redor. Enfim, era jovem...

Aí o jovem leitor que lê essas linhas, pensa: você está generalizando, pois há "casos e casos". Sim, eu sei. Claro que há. Mas em tudo há exceções por que aqui não seria diferente? Eu trato o tema como "normalmente", "regra geral" etc.

Certa vez, conversava isso com um colega de trabalho mais jovem e ele concluiu dizendo: Ainda bem que sei disso tudo aos 30 anos.... Aí, eu pensei: eis aí um caso de inexperiente, idiota ou pior, mentiroso.

***

Um dos grandes e grotesco erros que temos na juventude é construir aquela autoimagem distorcida. Achamos que sabemos o que precisamos saber e, sobretudo, achamos que o que precisamos saber e não sabemos, nós já conhecemos. Confuso, né? Temos uma louca ilusão de que já sabemos antes do tempo, que temos uma maturidade a frente que qualquer um que já viveu dez ou vinte anos a mais. Isso nos faz idiotas plenos (no sentido grego da palavra, algo muito perto de pessoas que só conseguem enxergar o seu mundo).

Quando a idade chega, percebemos que somos os mesmos tolos de quando mais jovens, mas com uma vantagem. Temos consciência disso.

Se é que isso é uma vantagem. Afinal, mau hálito, chatice e estupidez só incomodam o outro, nunca o "dono".

Capítulo VIII - Dos que chegaram à chefia por meio escusos

Divide et impera.

Dividir e conquistar. Essa era a máxima dos romanos e os chefes que chegaram ao poder através de acordos escusos, tramoias, mentiras ou alianças que se baseiam na troca de favores com grupos que a, princípio, organizavam-se como adversários. Esses grupos adotam essa máxima como base para manter seu poder e status.

Trazer os potenciais inimigos para cargos de entorno a partir de possíveis lideranças dos grupos é uma forma de desarticular a estrutura da oposição. Os grupos de oposição aparentemente se unem por interesses em comum, mas, na verdade, só estão se valendo da força do grupo para atender interesses pessoais. E o mais engraçado é que todos ali, a seu jeito, intuem isso de alguma forma e fazem a mesma coisa.

Sendo assim, identificar os elos frágeis do grupo e nomear uma ou duas lideranças dele é uma maneira de desarticular, pois, empossados nos cargos e iludidos com uma falsa percepção de poder cria-se um vínculo não de "lealdade" com a chefia superior, mas de necessidade de se manter onde está, no cargo conquistado a "duras penas". Uma das coisas mais interessantes no poder é que ele cega e emburrece os incautos. Quanto mais vaidoso e ganancioso, mais fácil de se iludir o indivíduo com cargos de nome pomposo, mas que precisem do seu Ok até para respirar.

O funcionário nomeado virará as costas para seu grupo movido pelos interesses pessoais. Isso sempre ocorre e, muitas vezes, sob a alegação de que a posição que ele ocupa permite que o seu grupo ocupe espaços na gestão e faça valer seus interesses. Isso é mentira. Agora, o que vale são os interesses dele.

Não haverá mais críticas por parte dele, pelo menos não abertamente contra o chefe, ele será um fiel iludido com o poder que pensa ter até que caia na real de que foi comprado. O que, na verdade, ocorre raramente, pois a vaidade o impede de enxergar as coisas em seu entorno. Esse sentimento é como se fosse um denso nevoeiro.

Dos riscos dos adversários por perto

Como toda e qualquer estratégia, a que foi descrita acima é passível de falhas e riscos. As falhas são quando o grupo apresenta lideranças difusas e com poder de persuasão. Não identificar os líderes mais gulosos e influentes é um grande erro do chefe e nomear um elo fraco da corrente pode despertar uma fome atroz dos outros que irão querer cargos e benesses para não avançar sobre as mãos do tratador. Sendo assim, identificar a liderança mais influente, mais vaidosa é a base para as coisas darem certo.

O segundo é o risco natural. Ter um adversário perto de você de um grupo que seria sua oposição é altamente arriscado. Ele não é seu aliado e nunca será, ele é aliado dos interesses dele e nunca se sabe o tamanho do seu apetite de poder que pode ser inclusive onde o chefe está. Nesses casos, ele fará de tudo para tomar o "trono" e se valerá de coleta de informações, alianças, comentários maledicentes pelas costas, vazamento de informações. Ele funciona com uma estratégia de minar a base do chefe. Que isso demore, meses ou anos... É um serviço longo, ele sabe disso, mas devastador quando apresenta resultado. E ele também sabe disso.

Ter um adversário sob seu comando direto requer cuidados do chefe e o mais relevante é o que se refere ao que se fala. Não dê munição a ele. Outro cuidado é a submissão decisória plena. Tudo que ele fizer deve passar pelo chefe e por ele ser autorizado.

Essas situações ocorrem muito em empresas públicas onde os funcionários se valem de uma estabilidade funcional que força o chefe a gestão do conflito constante uma vez que, dificilmente, pode demitir o adversário diante do menor sinal de perda de controle.

No serviço público, o sistema de loteamento de cargos é indispensável para se poder governar tranquilamente. Nesses meios, benefícios como funções gratificadas, viagens, diárias, além da sensação de poder parar e progredir as coisas a seu bel prazer fascinam muito. Títulos e honrarias também encantam nesses meios. Ainda mais em se tratando de meio de docentes.

No serviço privado, não havendo possibilidade de se "detonar" o adversário, gratificações e bônus reforçam o ímpeto com que ele lutará pelos seus interesses individuais. Dinheiro alimenta a ganância e a essa solidifica o individualismo. Depois de um tempo, o padrão de vida do funcionário será algo pelo qual ele fará de tudo para não perder. Inclusive trair seus antigos parceiros passa a ser uma opção válida mediante inúmeras justificativas pessoais que aliviem sua consciência. Obviamente, dependendo da quantidade de dinheiro em jogo, vale tudo.

É claro que, mais uma vez, o mundo é também feito de exceções, mas confesso que vi raros e pouquíssimos casos assim nesse quase 1/3 de século no mercado de trabalho.

***

Das conspirações.

Estabelecido que grupos de interesses político-ideológicos se unem para projetar interesses individuais com a força do grupo já que sozinhos tudo fica mais complicado, olhemos mais de perto o *modus operandi* das pessoas chefiadas. Vemos, nesses casos, que os sentimentos pessoais são mascarados para se aderir ao coletivo e sua força até que o objetivo individual tenha sido alcançado e o coletivo não lhe sirva mais.

As conspirações contra o chefe são frágeis na maioria das vezes por isso mesmo. Tendo sabedoria de identificar no grupo aquele que é mais fisiológico à causa (e isso não é muito difícil de se perceber), o chefe deve lhe fazer as honras com cargos e benesses. A possibilidade de ele aceitar em troca do grupo é muito grande, pois lá (no grupo), ele só guarda expectativas de obter algo quando e se bem sucedida for a conspiração. O que o chefe lhe oferece é sólido e imediato, duas coisas que fascinam o ser humano.

Entretanto, isso deve ser oferecido logo no início e não se esperar que a coisa se avolume. Conspirações são como a tuberculose. No início, fácil de se tratar, mas difícil de se identificar. Depois, fácil de se identificar, mas complicado de tratar.

Capítulo IX - Da empresa pública

Nescis quid vesper serus vehat[6]

As forças que movem as pessoas no setor privado são distintas das que operam no setor público e tudo isso nasce no modelo de regime trabalhista que rege as duas formas de empresa: o celetista e o estatutário, respectivamente.

O estatutário, resguardado pela estabilidade, encontra-se em uma posição de conforto, diante de uma impossibilidade de ser demitido na noite para o dia, mas também impossibilitado de expandir seus rendimentos muito além do que lhe é concedido. Sendo assim, superado o medo da perda e anulado o risco de ficar sem emprego (entenda dinheiro) subitamente, ele encontra no jogo de poder interno um mecanismo de satisfação e possibilidade de aumento de renda com gratificações, comissões, licenças remuneradas etc.

Uma vez conquistada a estabilidade após a avaliação do estágio probatório, há a necessidade de se aderir a um grupo com que se tenha alguma identificação e do qual se possa auferir

---

[6] Não sabes o que te trará o fim da tarde.

benefícios. Muitos aderem a grupos que entoam palavras de ordem dos antigos diretórios estudantis dos tempos de faculdade e o fazem muito mais por necessidade de agrupar-se do que baseado em crenças sólidas. Até porque, muitas vezes, entoam palavras de ordem e ideologias que já se mostraram um fracasso na prática (eles sabem ou suspeitam disso), mas que, apesar de tudo, ainda mantém a unidade do grupo. É mais ou menos como o pessoal da terra plana. Não faz o menor sentido, mas mantém as pessoas unidas pela crença comum no que provadamente é inviável de ser real.

Estabelecidos os grupos, é necessário constituir uma estratégia de tomada de posições que assegurem os privilégios deles e aí surge uma variável interessante. Quanto mais desconectada com a realidade for a ideologia que agrega o grupo, mais eles precisarão se valer de recursos escusos para conquistar as posições.

Tal necessidade decorre de que se os fatos não corroboram com as ideias que os sustentam, logo, o problema são os fatos e não as ideias, pensam eles. Sendo assim, são grupo perigosos, pois são capazes de simular, aliciar, mentir, inventar eventos, manipular pessoas, difamar, plantar contrainformação em redes sociais etc. Tudo isso é feito em nome de criar um universo de lógica que se encaixe em suas teorias. Eles criam um universo onde só vale a lógica formal, convenientemente desconectada da lógica material e chamam para dançar os outros nesse palco de bizarrices. Uma espécie de país das maravilhas onde a lógica que vale é a que eles inventam e adequam a cada projeto.

Esses grupos também têm duas características muito interessantes, a constituição do inimigo comum e o monopólio do bem. Eles elegem um inimigo comum e todo o discurso e ações precisam ser concentrados na luta contra ele. A seguir, entendendo-se como representantes do bem e a si monopolizando tal característica, entende-se que tudo que se opõe eles, representa o mal.

A lógica é basicamente a seguinte: nossas ideias representam o bem, logo, tudo que se opõe a elas, representa o mal. Dessa forma, entendendo a nossa luta como uma luta do bem contra o mal, tudo (sem exceção) é legítimo para vencer o mal, inclusive mentir, simular, tramar, trair... Quando um grupo se apodera do conceito de "ética e bem", cai por terra toda forma de ética e bem e anulam-se as liberdades individuais. Vide os regimes autoritários do século XX.

Dessa forma, na empresa pública, saber lidar com esses grupos que se formam é um fato essencial para a sua paz como chefe. Como já foi citado aqui, toda política do chefe com relação a esses indivíduos tem que ser de desagregação com base nos elementos fracos dos grupos, a ideia é comprometê-lo numericamente para perderem a força e unidade, assim como a capacidade de multiplicação. Haverá sempre uma liderança, um círculo ao redor dela, e outro círculo de séquito. Todos os aliciamentos para desagregação devem ser feitos nos círculos próximos de modo a deixar isolada e desarticulada a(s) liderança(s). Cargos, honrarias, benefícios das mais diversas naturezas são ferramentas de aliciamento muito eficientes.

Identificar elementos opositores (pessoas que visivelmente se opõe na disputa interna do grupo) e manter elementos de intercessão (pessoas que circulam pelo seu grupo e pelo grupo deles) constitui uma estratégia de elo fraco para ações de desagregação e monitoramento de perfis, respectivamente. E, no trato com os elementos de intercessão, duas coisas devem ser observadas: fale pouco sobre seus projetos para ele e valorize aqueles que não têm controle sobre a própria língua e falam tudo sobre o outro grupo.

***

Em tempos passados conheci um ferrenho opositor de um chefe que pertencia a um desses grupos conspiratórios. Ao assumir uma pequena chefia, foi-lhe dado um cargo com pífia remuneração, mas que lhe concedia um título, coisa que muito apreciava. Durante um ano e pouco, ele manteve um silêncio crítico imenso sobre qualquer coisa, pois qualquer movimento poderia comprometer o direito de ter um carimbo com seu nome e um título. Ah sim, e uma remuneração pífia pelo cargo que lhe concedia poderes de irrelevantes.

Passado um tempo, ele pediu exoneração e retornou ao seu covil, digo, grupo de amigos muito mais movido pela incompetência de exercer a função do que por alguma razão ideológica. O fato é que a coisa foi se avolumando no setor e ele, suponho (ou supuseram por ele) não andou um passo além do que estava quando ele entrou. Um dia, desistiu e voltou para sua insignificância de onde nunca deveria ter saído...

E lá aguarda outro carguinho.

***

Identificar esses grupos conspiratórios deve ser uma tarefa constante do chefe, afinal nunca sabemos o que nos reserva o futuro. Ignoramos o que nos trará o fim da tarde. Mas podemos preparar as coisas para o que ela nos reserva.

Capítulo X - Como se medir as forças com chefes semelhantes

Age quod agis[7]

Há empresas, sejam elas públicas ou privadas que sofrem de um problema clássico: o de "muito cacique para pouco índio". Isso, por natureza e obviedade, gera dois problemas de natureza gerencial: cria muitas linhas decisórias e opõe chefias que deveriam se somar, mas que, em muitas situações, entram em conflito. Lidar com isso é uma arte.

Para início de conversa, saiba que não se pode evitar o conflito. O que fazemos, muitas vezes, é adiar o confronto em desvantagem do lado mais forte. Se o lado mais forte é o outro, parabéns! Se você é o lado mais forte, só lamento. No trato com chefias de níveis semelhantes, devemos entender que as forças não se igualam em todas as situações. Cada lide é um embate e saber avaliar a dimensão de forças do oponente é 50% da vitória.

---

[7] Faça bem-feito aquilo que deve ser feito.

A criação de muitas linhas decisórias

Muitas vezes, as pessoas criam linhas decisórias que burocratizam o processo com o intuito de dominar eventos que, normalmente, rodam bem sem a interferência delas. Entretanto, aguentar a realidade de que você pode não ser necessário naquele ou em outros processos pode ser algo insuportável para algumas pessoas.

Vamos lá. Imagine que seu setor é responsável por ler o texto que vai para a chefia superior e carimbar um papel. Um belo dia, alguém envia o texto bem escrito e revisado e mostra que não precisa passar por você. Então, se não precisa passar para ser lido, também não precisa ser carimbado. Bingo! Seu setor perde comprovadamente a razão de existir, sua existência está ameaçada. E, como um instinto de sobrevivência, você lutará ferozmente como um animal acuado que vê sua vida em risco. É assim que funciona a cabeça de alguns chefes e eis a razão pela qual eles exigem que tudo passe por eles. Eles vivem o pânico de se descobrir que são desnecessários na grande maioria das ações e processos corporativos.

Viver nesses ambientes requer muito jogo de cintura. Sendo assim, avalie todos os prós e contras, e se você tem convicção do que está fazendo, mova suas ações pela seguinte ideia: é melhor pedir desculpa do que pedir licença. Se pedir licença, normalmente, o chefe do carimbo vai empedrar com detalhes que só servem para o controle dele. É claro que isso se aplica a pequenas cotidianas ações de gestão, mas, muitas vezes, o que emperra mesmo são essas pequenas ações. As grandes até fluem bem.

***

Uma empresa precisava produzir um vídeo promocional de um de seus departamentos. Nela, havia um setor responsável por isso e que poderia fazer, mas necessitaria que fosse aberto um encaminhamento de proposta que seria avaliada por outro setor para depois solicitar a ele. Logo após, seriam feitos um documento de justificativa e uma proposta de cronograma de ações e uma previsão de custos (ainda que, nesse caso, não houvesse nenhuma). Respeitando-se o prazo de análise, seria encaminhado ao chefe do setor e depois ao chefe geral para que fosse feita a liberação. Para atender aos prazos solicitados, o pedido do serviço deveria ter sido feito no Brasil colônia para ser executado hoje com risco de atrasos eventuais.

Havia um funcionário na equipe que precisava do vídeo que sabia produzir e editar vídeos. Numa tarde, fizeram o material, aprovaram o material entre os colaboradores locais como um material de qualidade e atendendo às expectativas apresentadas e divulgaram.

O setor do vídeo talvez nunca tenha tido notícia desse trabalho. E o ideal é isso mesmo. E se tomarem conhecimento, não há mais o que se fazer. As pessoas podem até se sentir incomodadas, mas não se levantam contra algo que eles deveriam fazer e não fizeram e alguém fez e o fez bem-feito. Atente ao bem-feito. Essa postura requer que o resultado seja no mínimo bom.

***

Oposição de chefias

A atitude acima pode gerar uma oposição de chefias e criar uma certa animosidade em alguns casos. Entretanto, algumas coisas devem ser levadas em conta e a maior delas é "qual é a sua relevância (como chefe ou somente funcionário) no processo geral?" Daí se aplica a teoria do câncer. Bizarro, não? Sim, é. Mas vou explicar.

No cabo de guerra entre chefes, o fator prestígio pesa muito, sim. Todavia, isso é muito difícil de se avaliar porque as situações são muito diversas e os cenários mudam rapidamente. Um chefe prestigiado pode se dar mal numa disputa de forças por vários fatores que acabarão anulando seu prestígio pessoal. Entretanto, aquele que toca em vários pontos do processo criando importância pessoal, pode levar o chefe superior a ponderar na hora de pender para um lado ou outro. Privilegia-se o andamento da empresa. É aí que entra a teoria do câncer.

Quando uma pessoa tem um tumor cancerígeno, ele se instala e se espalha. Ele se ramifica no sistema como um todo. Suas raízes se aprofundam e criam implicações que o tornam quase impossível de ser extraído sem apresentar danos ao organismo. Na empresa (seja ela pública ou privada), ocorre o mesmo. Assumir posições em eventos estratégicos para a vida da empresa é se ramificar. Posteriormente, fixa-se a posição e retém as informações daquela etapa do processo que lhe cabe. Mas não estamos falando de um processo, mas de vários e privilegiando-se aqueles que passam por geração de recursos. A alma humana é extremamente sensível ao dinheiro.

É um trabalho árduo e que pode levar anos. Pois é... Eu disse que era eficiente, mas nunca mencionei que fosse fácil e rápido.

***

Na empresa X, o gerente de produção, um funcionário muito pró-ativo, assumiu um papel importante na equipe de criação da campanha de vendas de um determinado produto, da mesma forma, envolveu-se com um grupo que buscava trabalhar com melhorias do que era produzido. Por fim, ofereceu sua expertise em cursos de capacitação de outros colegas, uma exigência legal que surgiu nos últimos tempos. O fato é que ele sequestrou três processos disfarçado de pró-atividade. Ele ganhou moeda de troca. Agora, remover o profissional do quadro é ter que pensar em repor 3 funções e se ele souber fazer direitinho a gestão de informação, remover o profissional é ser obrigado a reiniciar os processos quase do zero.

***

Essa é a teoria do câncer. Quanto mais ramificado dentro do sistema em pontos estratégicos de informação maior o seu peso, não porque as pessoas te amam mais, mas porque sua saída gera maior perda do que outra saída. Ainda que queiram retirá-lo, se forem prudentes, será necessária uma negociação, o que ainda é moeda de troca.

***

Enfim, o tópico do capítulo nem era necessariamente esse do final, mas resolvi falar sobre e falei. Acho interessante entender essa mecânica da coisa.

Capítulo XI - Das empresas privadas

De omni re scibili et quibusdam aliis[8]

O meu colega era uma pessoa legal, mas nunca havia administrado nem um botequim e arrotava teorias que fariam um grande investidor de Wall Street parar para ouvir (e morrer de rir depois). Se Warren Buffet o ouvisse pensaria: *Nossa, quanto eu ainda tenho que aprender com esse moço!* Normalmente, é assim mesmo quanto menos sabemos mais transpiramos certeza. Como dizia um Bertrand Russel, o mundo está cheio de idiotas e estes, cheio de certeza.

A ignorância das pessoas é proporcional a sua arrogância. Quanto mais ignorantes, mais arrotam teorias econômicas, políticas com um grande de convicção que impressionaria os autores dos livros que citam. A dúvida é o que alimenta nossa capacidade de análise. Quando se instaura a certeza, não existe necessidade de fazer qualquer tipo de análise. É ponto pacífico da questão. Enfim, a dúvida é o combustível da análise crítica; a certeza, muitas vezes, mata toda a razão.

---

[8] *de tudo o que se pode saber e mais alguma coisa. Frase que se aplica aos ignorantes que se jactam de sábios.*

***

Ah sim.. Rapidinha. Não vou fugir do assunto, mas essa é ótima. Um dos princípios para se obter maior chance de êxito na vida de empreendedor é conhecer profundamente o ramo. Se o cara tem um dinheiro e decide investir em "barbearia gourmet" porque está dando muito lucro, mas não entende nada, ele vai ficar na mão de quem entende. Isso ocorre mesmo que ele seja o dono do capital.

Outro dia um colega me disse que estava querendo investir em Pet Shop. Isso sim é que estava dando dinheiro e que um amigo dele tinha feito fortuna com esse ramo (sic). Eu, então, fiz a pergunta fatídica: Legal, mas o que você entende de Pet Shop?

- Eu, nada. Respondeu. Mas tenho uma sobrinha que saca tudo do assunto.

Saí da conversa com uma certeza e uma dúvida. A certeza de que ele tem 99% de chance de se ferrar nessa aventura comercial e a dúvida de que "se ele não entende nada do assunto como é que sabe que a sobrinha sabe pra caramba?".

Enfim, segue o barco...

Voltemos às vacas frias...

***

As lógicas que regem as empresas privadas são distintas da lógica de uma empresa pública. Primeiramente, uma empresa privada visa ao lucro sim. Claro. E não existe mal algum nisso. Só os menininhos e menininhas de classe média que se reúnem no Mac Donald para odiar o lucro e o capitalismo postando sua fúria no Facebook em um iPhone é que acham isso é anormal. Seja sensato. Todos queremos o lucro! Mas a empresa pública opera com outras métricas. Entretanto, se, por um lado não visa ao lucro, também não pode operar no prejuízo. Afinal, nessas circunstâncias, alguém paga a conta: no caso, eu e você, leitor.

O ingresso em empresas públicas, na imensa maioria das vezes, se dá legalmente por meio de concursos públicos e na iniciativa privada há métodos diversos, desde concursos até indicação, convite etc. Isso, definitivamente, não é um índice de competência. Quem entrou por concurso é mais competente do que quem entrou por processo próprio de uma empresa ou por convite? Não.

Na verdade, na empresa pública, tornam-se as condições de candidatura ao cargo "teoricamente" mais igualitárias, mas morre por aí a distinção que se pode fazer. Trabalhei com excelentes profissionais na iniciativa privada que davam o sangue pela empresa e com profissionais horríveis na iniciativa pública que se encostavam na estabilidade do servidor para fazer o mínimo do mínimo e ainda reclamar de sobrecarga.

Aí, você diria que isso é porque o empregado da iniciativa privada poderia ser demitido se não fosse assim. Não é verdade, conheci colegas que migraram para o setor público e seguiram no mesmo empenho profissional. Isso é do caráter profissional de cada um: Canalha é canalha celetista ou estatutário.

A estabilidade do funcionário na iniciativa privada se chama competência, comprometimento e imprescindibilidade. Se você é extremamente competente na sua função (você gera lucro ao patrão e é confiável), se você é um profissional comprometido com sua atividade (não faz corpo mole. É o que chamamos na minha terra de "bom de serviço") e, por fim, se o seu patrão não pode prescindir de sua presença, sua possibilidade de ser mandado embora é muito pequena. Existe? Sim. Mas da mesma forma que existem todas as chances de algo acontecer. Inclusive a de morrermos no minuto seguinte. O que pode ocorrer é uma crise financeira que acabe gerando a perda do emprego, mas pode ter certeza, os melhores e imprescindíveis são os últimos a deixarem o barco quando se tem um chefe competente na gestão.

Capítulo XII - De quantas espécies são os subordinados

O chefe sempre encontrará abaixo de si uma legião de pessoas que aguardam suas ordens/diretrizes/encaminhamentos. A relação entre chefe e subordinado é muito complexa e a liderança é sempre uma referência seja ela boa ou má.

Os subordinados, mesmo os mais rebeldes, em situações de extremos olham para o líder para saber o que fazer e, com base em seu comportamento padrão, podem ser classificados: **o dependente**, **o despachado**, **o sonso** e **o cheid "cheio-de-desculpas"**. Falaremos sobre os tipos negativos e, automaticamente, entendam que as características contrárias são positivas. Afinal, quem precisa aprender a lidar com gente boa de serviço? Gente boa de serviço é boa e ponto final. Você sai, não diz nada e tudo sai direitinho. Falar o quê?

O **dependente** é aquele que só faz quando manda e se detalhar bem as tarefas. Muitas vezes ele é confundido com o

---

[9] A verdade com grande frequência sofre, mas nunca se extingue.

sonso quando diz que não sabia que era para fazer. Mas é sério, ele não sabia mesmo. O sonso sabe e não faz, o dependente tem um tipo de lesão que o impede de saber mesmo. Dá vontade de matar? Sim. Dá. Mas tem gente que é assim mesmo, mas vai ficando no serviço porque é de confiança, porque é um bom sujeito, porque sabe fazer o que lhe pedem quando lhe pedem direitinho, porque é concursado. Enfim, nesses casos, anote, faça lista, estimule o check list e, acima de tudo, cobre, de 30 em 30 minutos de preferência. Ele só funciona assim e, você sabendo disso, se não ajusta o comando, vai se aborrecer sempre. Mas pense bem. Se o cara é assim e você sabe como obter algo dele, quando ele não funciona, o culpado é você mesmo.

O **despachado** é uma força incontrolável. Se gerido com moderação e cuidado, ele rende muito, mas se deixado ao vento, quando você vê saiu coisa que não era para sair. É alguém muito positivo porque dispensa checklist e sabe o que fazer e, o melhor, não precisa ficar cobrando de 30 em 30 minutos. O problema é que corre o risco de ser como um uma fissão nuclear sem controle. No geral, é muito bom de trabalhar com esse perfil, mas demanda habilidade em gerir essa energia toda sem frustrá-lo e canalizando para o foco das ações. Se frear de maneira brusca pode acabar desestimulando o cara. Ah sim... Esse é muito do meu perfil quando subordinado. Assumo isso em público. Se me travar sem jeitinho eu acabo jogando tudo para o alto. Ligo o "foda-se" e pronto. Eu sei... é escroto, mas é assim com o despachado.

O **sonso** é o cara que sempre sabe o que tem que ser feito, mas que aguarda o prazo vencer para alegar que isso não estava claro ou não estava escrito, por isso, ele não fez. A melhor maneira de driblar o sonso é o mesmo que se faz com o dependente. Escreva, cobre, insista, detalhe. Faça tudo por escrito e guarde. Ele tem que saber que cada passo está sendo observado e não há espaço para se fazer de bobo. Ele seguirá a vida procurando um deslize seu nas suas estratégias para todo o sempre alimentado pela esperança de que um dia você baixa a guarda. No geral, ele não faz o que tem que fazer porque não gosta de fazer e, normalmente, não é não fazer o que você pediu, mas é não fazer nada mesmo. Indolente por natureza, acredita que não é pago para isso seja lá o que isso for. O sonso, no geral, é um vagabundo de carteirinha sonhando com um mundo que acabe em barranco para que ele morra encostado. É uma convivência estressante.

Na minha terra, a gente diz que é um "caboco ruim de serviço demais". Se você está na iniciativa privada, manda ele embora, porque ele não vai mudar mesmo. Se tiver no serviço público, atribua-lhe uma função de baixa relevância e poucos danos em caso de não execução. Aliás, ele está ali mesmo em função de aguardar as próximas férias e, nesse meio tempo, o pessoal não que ficar inventando moda para ele fazer, né? Até porque ele não vai fazer mesmo.

Esse último é o que eu mais detesto, o **cheid, cheio-de-desculpas**. Ele não é sonso porque não finge que não sabia mesmo sabendo, ele não é dependente porque ele não faz mesmo e ponto final e a última coisa que seria é despachado. Mas em uma coisa ele é bom: desculpas. Quando você lhe atribui uma tarefa, o cérebro dele, um órgão altamente treinado, começa a elaborar uma série de narrativas que constituem as desculpas ideais para não fazer seja lá o que for. Uma tia que morre, um vizinho que perde a mãe e ele tem que ajudar (ajudar a quê? Ressuscitar a mãe cara? Se for Jesus, eu até entendo, mas outro caso não se justifica), um carro que quebra, um computador que trava, uma garganta que o incapacita ou um atestado médico de qualquer coisa.

O cheid tem uma saúde frágil que dá dó. Ele é um profundo conhecedor dos seus direitos de não fazer nada e faltar sempre que possível. Sabe números de dias que pode se ausentar, os procedimentos em perícia, artes cênicas (sempre ajuda na consulta). Não faz e sempre tem uma justificativa para não ter feito. Mestre do vitimismo, consegue angariar pessoas penalizadas de tal forma que, se você questionar, qualquer coisa, você migra da categoria de chefe legal para monstro. *"Nossa! O cara com a mãe com câncer, foi roubado o carro, com o computador travado, com a garganta inflamada, com hérnia de disco e o chefe pedindo que ele justifique porque*

O melhor maneira de lidar com esse canalha contumaz e fazer com que os amigos revejam o conceito de pena é pegar as tarefas deles e dividir entre os colegas que, quando estiverem sobrecarregados dos seus afazeres mais o do colega que sofre de todas as pragas do Egito sobre si, irão rever a história do coitadinho. Dividir o dano entre os parceiros é a melhor maneira de matar a "solidariedade".

***

Em uma escola pública, um professor tinha a prática de apresentar um atestado atrás do outro para não trabalhar. Todos eram compreensivos com sua depressão até o dia em que, para não prejudicar os alunos sua carga horária começou a ser distribuída entre os pares sobrecarregando-os e sem nenhuma contrapartida financeira, pois a carga se encaixava na hora trabalhada para que tinham feito concurso. Era um aumento, de trabalho é claro.

A solidariedade se liquefez em pouco tempo.

***

Atualmente, ainda surgiu um adicional a esse problema para o chefe lidar, a sectarização das causas. O mundo se dividiu em causas por setores raciais, gênero, origem, limitações naturais etc. Se o indivíduo pertence a um ou mais desses grupos, é tipo um combo e todo o trato com ele deve ser muito bem pensado e embasado, pois, no final das contas, ele pode sair de coitado e você de vilão independentemente do que quer que ele tenha feito.

Ele pode ter cometido uma infração grave, mas que pode ser escondida atrás de rótulos e você, chefe, sair como racista, machista, homofóbico, preconceituoso, cruel etc. Isso é mais comum do que se imagina hoje em dia e reverter essa militância é algo bem complexo e que merece um outro livro.

Capítulo XIII - Conselheiros, puxa-sacos e outros

> *Amico inimicoque bonum semper praebe consilium, quia amicus accepit, inimicus spernit.*[10]

O mundo corporativo é feito de uma fauna variada desses tipos. A diferença entre um conselheiro e um puxa-saco é que o conselheiro é alguém que você pede a opinião (e costuma ganhar para isso), já o puxa-saco não. Ainda que nutra a expectativa de ganhar alguma coisa com suas atitudes. Ele sempre enxerga a adulação como moeda de troca futura.

Devo lembrar que não impede que haja conselheiros puxa-sacos. O que pessoalmente penso ser combinação mais desastrosa que um chefe possa manter ao seu redor, pessoas que só digam o que ele quer ouvir e não o que ele precisa ouvir.

Dentro de vasta tipologia, destaco alguns tipos de aduladores que podem ser vistos com mais frequência. É claro, não se identifica um bajulador por uma atitude, mas com base na frequência em que ocorrem os eventos assim como nos atos

---

[10] Ao amigo e ao inimigo dá sempre bons conselhos, já que o amigo os acolhe e o inimigo os despreza.

intencionais implícitos que passam nas entrelinhas. Puxa-saco não é um momento, é um modo de vida.

Os mais comuns são o **candidato a preferido**, o **CTRL+C/CTRL+V, o multitarefa, sr. Ptolomeu, Cofrinho** e o **Papai Noel**. Cada um possui um *modus operandi* muito peculiar, mas todos com o mesmo objetivo, angariar algum benefício com base em sua conduta.

O **Candidato a Preferido** é aquele cara que faz de tudo para se tornar o preferido do chefe. O empenho dele é impressionante. Entre suas estratégias usa aquela de apontar (normalmente sem se consultado para isso) para o chefe falhas e problemas no trabalho do outro, mas não sem associar a uma solução que ele daria e que o coloca na posição de alguém com percepção especial. Dica ao chefe: Não dê espaço para ele. Ao terminar de falar, entre em outro assunto para ele perceber que o que ele falou não teve relevância. Não comente, não estenda o assunto. Mais de 70% do conteúdo dele é peça autopromocional e de pouco valor efetivo.

O **CTRL+C/CTRL+V** é aquele que copia e cola falas como piadas citações do chefe e reproduz para ele ou para os colegas na frente do próprio chefe. Sua intenção, ainda que intuitiva, é a reprodução do discurso no sentido de criar empatia. Quando cita coisas da internet tem como ideia demonstrar erudição ou nível de reflexão que o destaca em um grupo. Nesse ponto, se parece com o candidato a preferido na medida em que tem as mesmas intenções. Aliás, o puxa-saco é um especialista no marketing pessoal normalmente em versão *trash* e piegas.

Chegamos ao **Multitarefa** que é aquele que está sempre enrolado com alguma coisa, um projeto, uma tarefa importantíssima etc. Entretanto, ele só está sobrecarregado quando precisamos deles. Ao menor sinal do chefe da necessidade de se fazer algo, ele alivia sua agenda e fica livre para assumir todo tipo de trabalho. Isso sempre ocorre na frente dos demais colegas com o intuito de mostrar duas coisas: ele é alguém super comprometido que é capaz de se sobrecarregar ou que é dotado de um grau de eficiência que não existe sobrecarga para ele (só quando o assunto é demanda do chefe. Lembremos bem!). Mais uma vez o marketing pessoal em ação. A ilusão desse tipo é achar que pode angariar algum bônus com base em uma relação pretensamente afetiva de demonstração de competência. E ainda há o outro gume da faca, pois pode ser criada uma relação abusiva por parte do chefe. O que costuma a ocorrer com bastante frequência sem o retorno esperado do puxa-saco.

O **Seu Ptolomeu** é aquele que se comporta como o personagem da escolinha do professor Raimundo, sabe tudo e faz questão de mostrar erudição a todo momento para conquistar algum tipo respeito do chefe. É o mestre do óbvio com suas citações. Tem a ilusão de estar agradando quando, na verdade, tende a ser bem inconveniente. Assim como agindo com os demais tipos de puxa-saco, o chefe não deve valorizar a coisa toda. É tipo vendedor ambulante, evite o contato visual e, quando tiver, evite a estabelecimento do canal comunicativo.

O **Cofrinho** é aquele que guarda consigo todas as informações. Normalmente, ele sabe bastante sobre o tema, mas não compartilha com ninguém até que... Enfim, até que, na frente do chefe ele abre a caixa de Pandora com o intuito único de impressionar. Funciona? Costuma funcionar, mas consegue angariar uma antipatia da equipe dele que benza Deus...

E por fim, o **Papai Noel**. Esse pediu para ser escroto no vale do eco. Ele sempre traz lembranças para o chefe. Se viaja, conta que lembrou dele em determinado momento (cara, quem lembra de chefe em viagem de férias...? Vai se tratar!) É generoso, eventualmente, se oferece para pagar um café ou lanche, do chefe, é claro. Muitas vezes chega ao limite de oferecer filho para batizar ou para ser padrinho de casamento. Bom, se rolar uma demissão futura fica um climão.

Em todos os casos de puxa-sacos, a conduta do chefe deve ser a mesma. Deve ser do tipo placa em jaula de jardins zoológicos: Não alimente os animais. Realmente, ter aduladores por perto pode ser algo que massageie seu ego, mas também entorpece e cega. Lembre que, normalmente, críticas são mais sinceras e proveitosas do que elogios e que o excesso desses nos traz dificuldade para ver como as coisas são de fato.

A história do não alimentar é não dar corda, não valorizar ações que apresentam claro intuito de adulação. Também não cabe agir de forma ostensiva em nome da boa convivência. O ideal é deixar o adulador agir, perceber suas ações e nunca, jamais beneficiá-lo por elas. Ele vai desistir? Não. Mas fazer cara de paisagem e deixar rolar é a melhor maneira de lidar com esses tipos.

Capítulo XIV - O que compete a cerca dos puxa-sacos

Sapere aude[11]

Seguimos nesse assunto porque a versão em me inspiro de Maquiavel quis dar dois capítulos ao tema. Então, vamos lá.

Para início de conversa, conselheiros não são o mesmo que puxa-sacos, aliás, puxa-sacos são péssimos conselheiros porque falam o que você quer ouvir e não o que você deve ouvir. Bons chefes se cercam de pessoas que falem o que ele precisa ouvir ainda que não goste ou mesmo que não concorde. Maus chefes se cercam de puxa-sacos. Certa vez, quando trabalhava com um desses aduladores, não meu, mas de um chefe em comum e eu captei uma cena maravilhosa. O chefe contava piadas de tiozão (do pavê, por exemplo) boa parte do tempo e isso obrigava o colega bajulador a desenvolver ciclos de risadas contínuas e cansativas para a agradar o patrão.

Em uma viagem de negócio em que os acompanhei, ele seguia dando risadas de todos os trocadilhos toscos e

---

[11] Ouse (sempre) saber/conhecer

eventualmente olhava para mim que permanecia "impávido colosso" sem esboçar sinal de risada. No máximo um sorriso de canto de boca para não ficar muito chato. Lá pelas tantas, ele me chamou em um canto, de costas para o chefe e disse: *agora é sua vez de rir também*. Eu não entendi nada e segui sério. Eu fui mandado embora tempos depois e o bajulador segue rindo das piadas até hoje... E diferente do que você pode pensar, foi sorte a minha, azar dele.

Esse chefe das piadas tinha o dom de se cercar de tais nulidades tanto no nível da gestão como no nível da intelectualidade que era impressionante. Ele precisava de pessoas que falassem o que ele queria ouvir. Um dia, em uma reunião ele se lamentava de ter nomeado um diretor que não correspondia às suas expectativas e ainda fez uma série de besteiras que estouraram em problemas diversos na instituição. Todos na mesa seguiam quietos ouvindo suas imprecações quando, lá pelas tantas, ele segue a apontar para o grupo de diretores (entre eles eu) na mesa e perguntar com entonação retórica que culpa tinha ele se confiou, nomeou e o diretor fez besteiras. Todos seguiam quietos numa anuência submissa face a sua natural truculência. Então, apontou o dedo para mim e disparou: diz aí, você que tem experiência em gestão de instituição de ensino. Eu tenho culpa das besteiras que ele fez?

Olhei nos olhos dele e disse: *Sim. Você delegou sem saber das reais competências dele, nomeou sem se preocupar em acompanhar e, por fim, lavou as mãos mesmo diante das primeiras besteiras se esquivando de assumir a rédea da situação quando tudo começava a descambar. Ele era uma liderança despreparada e débil desde o início. Você viu e deixou rolar para ver no que dava.. e deu no que deu.*

Ele ficou me olhando uns 10 segundos em silêncio. Não esperava ouvir isso de alguém que estava ali e recebia para concordar com ele. Até eu fiquei com receio de ver a reação dele e, por alguns instantes, tive medo do que viria depois do silêncio sepulcral que faziam os que estava na mesa sem ao menos se olharem nos olhos. Depois desse silêncio, ele deu uma leve bufada de desânimo e falou: *Depois dessa, eu vou até encerrar a reunião.* E encerrou mesmo...

Acredita? Durei mais uns 10 meses no emprego até ser exonerado das funções, mas não foi por esse motivo da reunião. Pelo menos eu acho. Eu saí, e os puxa-sacos seguiram. Um deles, o puxa-saco-mor fez carreira mesmo e soube que galgou posições maiores na instituição mantendo a máxima de que o corrimão do sucesso é o saco do patrão.

***

Um parêntese! Quando você sair de um cargo de chefia verá que todo o círculo que o acompanhava passa a evitá-lo como se você tivesse uma doença infecto contagiosa. Você vaga em um limbo onde as pessoas te cumprimentam com "oizinho" de longe e evitam falar muito com você já que o chefe que ficou no seu lugar (assim como o que te exonerou da função ou demitiu mesmo) pode não gostar de saber que alguém ainda fala com um excluído do círculo. Enfim, você, para aqueles que ficaram, se torna tipo um Dalit (ou Shudras), aquela casta de indianos que foram feitos dos pés do deus Brahma (sim, o número 1), os intocáveis por serem impuros. Vivi isso algumas vezes e, na primeira vez, é desconfortável. Da segunda em diante, é motivo de piada.

No trato como chefe, nunca me indispus com o puxa-saco. A grande ilusão do chefe é achar que o adulador é dele. Não. Não é. Ele é o bajulador do cargo. Você está ali agora, mas amanhã…. Então, será outro e ele seguirá grudado no saco de gerente/chefe/diretor/coordenador. Esses indivíduos são como os objetos que existem em sua sala: sua mesa, sua cadeira, seu computador. Enfim, são usados por você enquanto chefe, acabou o cargo, acabou o uso. A lógica do puxa-saco é a de que a

---

[12] Enquanto você estiver bem, terá muitos amigos.

aproximação pessoal afetiva do chefe é uma garantia de manutenção dos seus privilégios entre eles a estabilidade na função que ocupa. Para isso, ele agrada com falas de sutis elogios, convites que aproximem as pessoas fora do local de trabalho (churrasco, batizado, casamento, aniversário etc). Enfim, tudo que crie uma proximidade afetiva que vá relevar fatores que possam ocorrer em ambientes profissionais.

Já o chefe que se afeiçoa aos puxa-sacos traz consigo a ilusão de que eles são amigos e que o fulano é só uma pessoa muito afetuosa. Esses chefes, eventualmente, fazem a metáfora de que o local de trabalho é uma família. Mentira. Não é, nunca foi e nunca será. Colegas de trabalho podem até desenvolver uma relação de amigos quando estão no mesmo nível desde o começo, mas quando já entram em relação de chefia e subordinado, não. Isso não ocorre. Posso parecer chato? Sim. Eu sou. Então vou agradar os relativizadores de plantão: É muito difícil que isso aconteça. Melhorou, gente? Voltemos então.

O chefe tem que ter em mente que, na maioria das vezes, ele ESTÁ chefe exceto em casos em que se trata de uma empresa familiar. Deve lembrar que todas as coisas que o cercam vêm salpicadas de relações de interesse profundo, elogios, favores ou mesmo críticas. Tudo deve ser ouvido, pesado, ponderado, analisado e filtrado. É claro que existem mais falsidades nos elogios do que nas críticas, mas as críticas também são carregadas de segundas, terceiras e, talvez, quartas intenções. Lembre-se, na chefia, você está no topo da cadeia alimentar, é fruta no alto da árvore. Vai ter elogio, mas vai ter muita pedrada. Os elogios têm nome, CPF e remetente, mas as pedras, são jogadas de noite.

Entretanto, se você chegou aí, é porque esperam algo de você e se você não vê assim, sinto dizer que está no lugar errado. Então, faça. Se você fizer, falarão de você. Se você não fizer, também falarão. Ou seja, se fosse para não falarem de você, não devia estar aí. Cerque-se de gente competente e que não fale o que você quer ouvir, você não é um cargo, você está em um cargo. Ouça tudo (isso é um exercício supremo. Não disse que é fácil, mas é muito recompensador). Por fim, após ponderar, aprenda que a decisão final é sua. O que os outros dizem serve para embasar a sua posição e ajudar a pensar o problema com outras cabeças, mas o ônus e o bônus de ser chefe é única e exclusivamente seu. Se te pesa a coroa, é só tirar da cabeça, afinal, você não é digno dela.

Finalizo retomando esse papo com a história de Dâmocles. Esse personagem é protagonista de uma anedota moral que figurou originalmente na história perdida da Sicília por Timeu de Tauromênio. Conta a história de Dâmocles, um cortesão bastante bajulador na corte do tirano Dionísio, de Siracusa. Ele dizia que, como um grande homem de poder e autoridade, Dionísio era verdadeiramente um cara de sorte.

Então, Dionísio ofereceu-se para trocar de lugar com ele por um dia, para que ele também pudesse sentir o gosto de toda esta sorte, sendo servido em ouro e prata, atendido por mulheres lindas, e servido com as melhores comidas. No meio de todo o luxo, Dionísio ordenou que uma espada fosse pendurada sobre a cabeça de Dâmocles, presa apenas por um fio de rabo de cavalo. Ao ver a espada afiada suspensa diretamente sobre sua cabeça, ele perdeu o interesse pela excelente comida e pelas belas garotas e abdicou de seu posto, dizendo que não queria mais ser tão afortunado. A espada de Dâmocles é uma alusão frequentemente usada para remeter a este conto, representando a insegurança daqueles com grande poder que se veem sob a ameaça constante, ou seja, o ônus do poder. Ou como diria o Tio Ben (o tio do homem aranha): grandes poderes, grandes responsabilidades.

Capítulo XV - Das coisas pelas quais os chefes são louvados ou desprezados

Lucrum unibus est alterius damnu[13]

A primeira coisa que se deve aprender em cargo de chefia é que faça você o que quer que faça você será objeto de críticas e elogios. Então, faça. Achar-se competente, sério, comprometido, preparado e demonstrar realmente isso pode ser a razão pela qual as pessoas vão te amar e te odiar.

O universo da chefia deve ser uma constante decisão de o que deve ser feito, o que pode ser feito e o que nada tem a ser feito a não ser esperar. Saiba que, quando não fazemos ideia do que pode ser feito, não fazer nada é uma boa maneira de começar. Às vezes, as coisas seguem um fluxo e o que temos a fazer é observar a hora certa de agir. Isso é fazer.

Fazer a coisa certa na hora errada cria uma grande oportunidade de as coisas darem errado. É como aquelas brincadeiras de corda em que as pessoas ficam esperando a corda

---

[13] A desgraça de uns é o bem de outros

bater para entrar no momento certo de pular. Naquela hora o melhor é esperar mesmo.

Tenho uma teoria que chamo de "tempo da bola". Sabe por que acontece um gol? Porque em determinado momento o jogador chuta a bola que estava em um ponto X e que teve uma trajetória Y com uma força Z e que encontrou o goleiro em um ponto W que o impediu de defender. Pois é isso. Se algum (ou alguns) desse(s) fator(es) estivesse(m) fora do ponto temporal e físico que permitiu a combinação de um jogador fazer um gol, a história seria outra. Muitas vezes, temos aqueles gols que não sabemos como alguém perdeu, não é? Ele estava de frente para o gol, sem goleiro a bola no ponto certo... Mas o pé dele bateu em um ponto com uma força que gerou uma trajetória diferente. Caramba! Foi pra fora.

No mundo gerencial, saber o tempo da bola é uma arte. O chefe experiente deve saber olhar o processo, acompanhar o fluxo e mais do que saber o que fazer, saber a hora de fazer. Muitas coisas, quando feitas na hora errada perdem muito de seu efeito ou geram até um mau resultado.

Sabendo o que fazer e na hora que deve ser feito, resta saber que não existe nada essencialmente bom ou mau em decisões de gestão. Resultados podem ser bons ou maus, mas decisões são trilhas para os resultados. As percepções de bom ou mau são externas, as ações são motivadas por planejamentos. Em uma empresa que demite 50 para não demitir 100 temos uma decisão boa para 100 e má para 50. Mas o fato é que todo louvor e desprezo vai depender de como o chefe gere essas decisões e em que hora ele as toma.

Decisões que tendem a causar impactos negativos devem ser feitas dentro de um planejamento estratégico que combine com decisões de percepção positiva. Todavia, as negativas devem ser imediatas de como amputação de um membro, um só golpe duro e forte, tudo de uma só vez. Já as ações positivas, devem ser parceladas dentro de um cronograma que se somem em intervalos que não permita que a anterior seja esquecida e que potencialize a atual.

Entretanto, as benesses não devem se tornar uma prática regular para que não se banalize e passem a ser vistas como uma obrigação da empresa. Coisa do tipo que esse mês tem uma, outro mês tem outra, no outro mês tem outra e no outro mês já cria a expectativa. Se não vier, os chefiados ficarão frustrados e você irá migrar para categoria dos infames novamente.

É igual a história da carona, uma teoria antiga que tenho.

Todo dia você passa por um local e lá está uma pessoa pedindo carona. Se você não a conhece e ignorar solenemente seu dedinho em movimento, você será só mais um desconhecido que não a viu ou que fingiu que não a viu ou que a viu, mas dane-se, você não gosta de dar carona. Se um dia, você der carona, você acaba de selar um pacto com o diabo e sua alma foi vendida por pouco. Se você passar e não der mais por qualquer razão, você deixará de ser um estranho que não viu ou que não gosta de dar carona, para ser o maior filho da mãe, egoísta, metido do universo e da história do mundo. Algo pior até que Hitler, que não tinha cara de quem dava carona. Enfim, você criou a expectativa e frustrou-a. Isso gera ira e indignação e revolta.

Entendeu por que a regularidade das boas ações deixa de ter valor para quem recebe e se torna uma obrigação para quem oferece?

Em um cargo de gestão, gerir as ações para que se tenha o efeito psicológico desejado é uma arte. As pessoas irão louvá-lo ou desprezá-lo mais em função de como você fez do que o que você fez. Fique atento a isso.

***

Sabe? Durante muito tempo pensei que entre ser amado e ser temido, o ideal era um equilíbrio entre essas coisas, mas tendo que escolher entre uma e outra, era melhor ser temido, pois o amor as pessoas esquecem e elos de gratidão são muito frágeis, mas o medo não. Entretanto, com o tempo tenho revisto essa ideia e penso que é muito mais ou menos assim. Isso depende muito das relações de chefia. Mesmo em caso que você possa matar seu oponente você gera uma injúria por adesão e os seus métodos (matar) podem ser usados legitimamente contra você quando a mesa vira. E ela vira. Costumo dizer que o mundo é redondo não é à toa... dá muitas voltas. E se tem uma coisa que as pessoas cultivam é um certo desejo de vingança. E imagina. Se a única coisa que as pessoas precisam para não gostarem de você é você existir, pense como é quando elas têm uma razão a mais que essa.

Os seres humanos não se ligam facilmente por elos de gratidão que, na maioria das vezes, são frágeis e efêmeros, muito menos por lealdade. Entretanto, as pessoas se ligam por redes de interesses. Resumindo: que proveito pode ser tirado da relação estabelecida. Sendo assim, nem temido nem amado, mas até que ponto sua posição pode beneficiá-lo ou até que ponto sua perda de prestígio pode prejudicá-lo dada sua ligação com ele.

Se as pessoas sentirem seu *status quo* ameaçado em decorrência da sua perda de posição, elas lutarão com afinco a seu lado. Se sua queda em nada afeta os privilégios ou benefícios de que goza, sua derrota e queda não lhe tem a menor relevância e não será mobilizada uma palha em seu favor.

Capítulo XVI - Da liberdade e da parcimônia

"Entre a avareza e a prodigalidade encontra-se a economia, e esta é a virtude que o homem honesto deve praticar."
Paolo Mantegazza

Apesar de um comportamento liberal com dinheiro parecer ser algo legal para alguns logo de cara, devo dizer que a médio e longo prazo é um desastre. Dinheiro é uma fonte esgotável, embora alguns chefes tenham dificuldade de ver isso.

No setor privado, a mistura da contabilidade de uma empresa com a contabilidade pessoal do dono é o caminho mais curto para a ruína financeira. No setor público, existe a ilusão de que se lida com uma fonte inesgotável de dinheiro. Também outro engano. Alguns governos passados criaram programas estatais lindos (mas que custavam caro), ofereceram empréstimos a todo mundo (sem se preocupar se poderiam pagar), subsidiaram energia (o dinheiro saiu de algum lugar para esse subsídio, não é?), e, por fim, saíram criando um concurso público um atrás do outro (sem planejamento acurado de impacto e fluxos de processo dos órgãos). E um dia o dinheiro acabou. E a casa caiu. Aí é igual àquele velho ditado: *"Em casa que falta pão, todo mundo discute e ninguém tem razão"*.

Bom, essa história é uma demonstração de que o comportamento pródigo, de cara, agrada muito. É como se sentássemos a uma mesa de restaurante caro e dissessem: comam do bom e do melhor. Lagosta, picanhas argentinas, vinhos importados com uma suave música ao vivo. Que delícia! Quem disser que não gosta disso, mente. Entretanto, ao final da festa, alguém levanta o dedo e diz: *garçom, tira a notinha pra mim?* Aí, olha para a pessoa na mesa e diz: olha gente, nós somos em X e dá Y para cada um. Ah.. Como assim? Não quero acreditar que uma festa tão boa vá terminar de maneira tão ruim. Sim. Mas termina assim sempre.

Dessa forma, a prodigalidade do chefe deve ser controlada. O excesso dela pode gerar o hábito, o hábito gera a expectativa, essa gera a obrigação tácita, a ausência dela, gera o rancor. Mesmo em situação de fartura, tudo que vai ser oferecido deve ser com o foco de mais fartura ou benefícios dos quais a empresa também faça uso. A oferta desvinculada do retorno ou da expectativa do mesmo é alimentar um vício que pode prejudicar a instituição.

Assim, muitas empresas adotam sistemas de bonificação e metas para manterem os funcionários com os olhos no "sempre mais". Isso pode parecer cruel? Sim. É. Mas se não aprendeu até agora, ainda está em tempo de sacar que o mundo não é um lugar super maneiro com pessoas legais e desinteressadas.

Ou como diziam os Titãs, *"você vai morrer e não vai para o céu, é bom aprender, a vida é cruel. Homem primata, capitalismo selvagem."*

***

Sabe aquela mocinha que te oferece garantia estendida de um ferro de passar roupa (caraca, troço barato que se quebrar eu jogo fora e compro outro), mas, no fundo, sabe que como todas as garantias no Brasil vão te dar dor de cabeça. Pois é. Ela só está oferecendo aquela porcaria porque alguém balançou na frente dela que vai ter uma comissão em cada embuste daquele vendido.

***

Por outro lado, a parcimônia na gestão de uma empresa, é uma maneira de gerir as alterações de mercado. Uma empresa que gere seus recursos de maneira parcimoniosa terá "gordura para queimar" em tempos difíceis evitando redução de investimentos e demissões em um primeiro momento. Muitas vezes, o funcionário não percebe que essa gestão parcimoniosa é melhor para ele que terá seu emprego garantido por mais tempo com uma empresa saudável financeiramente mesmo em tempos difíceis.

O ideal mesmo é atingir o conceito de generosidade de Aristóteles, para o qual, tratando-se a mesma de uma virtude, deveria ser o equilíbrio de dois extremos instáveis e igualmente prejudiciais quando transgredidos. O chefe deve saber gerir esses extremos e que suas ações jamais se aproximem da avareza ou tangenciem a prodigalidade. Nem em se tratando de dinheiro, nem de favores...

Capítulo XVII - Da crueldade e da piedade; se é melhor ser amado do que ser temido, ou antes temido do que amado.

Necesse est multos timeat quem multi timent.[14]

Libério

Como falei em outro momento aqui, revi essa posição. Melhor mesmo é criar redes de interesses que impliquem pessoas. Por implicar pessoas entenda que é fazer com que os interesses delas estejam entranhados com os seus e que crie nelas não o medo de você, mas o medo de que haja uma perda de status caso algo abale o seu prestígio e posição. Aí sim, convencidos de que abalada sua posição, eles sofrerão não tanto quanto você, mas preferencialmente mais do que você, então, terá fiéis seguidores a sua causa. Na verdade, a causa deles, ao status deles. Nunca perca de vista isso.

Políticos usam isso inescrupulosamente sinalizando em período de campanha que o seu adversário irá cortar auxílios, irá

---

[14] Quem é temido por muitos deve temer muitos

demitir, irá retirar os privilégios (ops, quis dizer direitos) adquiridos de todos se for eleito. Isso tem um efeito fantástico quando as pessoas creem.

O chefe deve buscar a moderação em tudo, inclusive em ser legal com os seus subordinados. Um chefe altamente condescendente super parceiro que releva praticamente tudo passa uma ideia de permissividade. Penso que as pessoas deveriam rever essa visão, mas não é assim que ocorre e elas abusam dessa conduta. É como se desse uma corda, mais um pouco, mais um pouco... E lá se vão 5 metros de corda. Quando for necessário puxar 30 cm, ele será julgado pelos 30 cm que puxou e não pelos 4 m e meio que cedeu.

Sendo assim, a relação deve ser sempre de equilíbrio de até onde eu posso ceder e até onde eu devo ceder. A perda dessa medida cria desequilíbrio e tende a acirrar os ânimos daqueles que possam se sentir preteridos pelas flexibilizações. Tanto o chefe quanto o subordinado têm que entender o papel de cada um e que permitir que a relação profissional seja contaminada pelas relações pessoais, pode, em um primeiro momento parecer interessante, mas a médio prazo vai criar variáveis decisórias que podem conflitar com decisões gerenciais.

***

Há alguns anos conheci a instituição de ensino X. Com mais de 40 anos de existência e pertencendo à mesma família tinha grupos internos que estavam desde o início da empresa. Dona fulana estava ali desde o início e o seu filho, contratado por sua influência também. E por ali, foi ficando o seu cunhado também. Dentro da empresa criaram-se clãs ou ramificações que estendiam os laços familiares para dentro do trabalho. Com um estudo mais aprofundado, percebeu-se que havia setores que poderiam ter 2 funcionários trabalhando e fazendo o mesmo, mas havia uns 5 ou 6. O que os mantinha ali era uma generosidade dos donos que criaram elos de gratidão reforçados com atividades fora do serviço... Batizado de um neto, aniversário de um sobrinho, casamento de uma filha.... Enfim, não havia mais como mexer em uma peça sem causar danos a todo o clã.

Com certeza, em vários momentos essa fragilidade foi identificada anteriormente, todavia, se não se mexeu com isso no passado, os laços agora eram mais difíceis. Impossível de abalar? Não. Mas seria uma mexida de grande impacto emocional? Sim. Com certeza.

***

Com isso entendemos que as medidas das relações nos ambientes de trabalho devem ser respeitadas para o bem de todo mundo. E eu ousaria dizer que até mesmo do chefe que, resguardaria suas decisões de fatores além dos técnicos e evitaria a decepção quando, caso viesse a cair, percebesse que, muitas relações de respeito e consideração são baseadas unicamente com um cargo e não a ele.

Capítulo XVIII - De que modo os chefes devem manter a fé na palavra dada

Semel emissum volat irreparabile verbum[15]

Nesse capítulo, quem conhece o original, verá que mudei muito de ideia.

Ainda que vivamos em um mundo de documentos escritos, o caráter de um chefe se dá pelo empenho com que mantém sua palavra. Para isso, pense antes de prometer algo. Lembre que sob fortes emoções não se deve empenhar a palavra em nada.

Sob alegria intensa, encontramo-nos entorpecido e propenso a prometer coisas que possamos vir a nos arrepender de fazer. O fato é que tendemos a ser mais generosos do que deveríamos ser. Retome o capítulo em que falamos da generosidade como uma virtude do equilíbrio. E quando estamos sob forte tensão, tendemos a prometer ações que, no processo de

---

[15] A palavra uma vez pronunciada voa irreparável.

repensar, vemos que não são exequíveis ou que gerarão efeitos adversos.

Sendo assim, a toda crise ou momento de efusão e vitória os fatos devem vir seguidos de reflexão e, somente depois dessa pausa, devem ser feitas quaisquer promessas, ameaças, ou seja lá o que for.

Só os canalhas se comprometem com alguma coisa nessas circunstâncias e, quando confrontados, perguntam onde eu assinei isso, onde isso está escrito. Pois é. Está escrito nas suas palavras e, se ele não pode sustentá-las, não irá conseguir ser visto como alguém digno do cargo que ocupa. Enfim, avaliar, pensar, proferir. Eis o mantra que facilitará com que se mantenha fiel a sua dignidade.

O chefe deve deixar claro que sua palavra tem o peso de um documento com assinatura reconhecida em cartório. Ele, adotando essa postura, deve exigir que aquilo que lhe digam tenha o mesmo valor. Assim, reconhecerá o canalha naquele que nega o que disse ou que pede comprovações escritas de que ele tenha se comprometido com alguma coisa.

***

Todavia, para não perder a essência da obra original devo fazer um adendo aqui. Se jogamos com pessoas que não possuem qualquer valor ético, torna-se legítimo não manter a palavra e prover uso da mesma em função do que se faz necessário. Algumas pessoas operam com mentiras, tramas, ardis e se valem de todos e quaisquer recursos para obter o que querem. Nesses casos, é de extrema ingenuidade agir igual aos personagens de desenho animado que sempre dão uma lição de que não devemos nos igualar ao que tem de pior. Não se combatem fuzis com flores, armas pesadas demandas armas do mesmo porte ou fortes escudos.

Se lidamos com o sórdido não é possível ser menos do que isso. Nesses casos, não manter a palavra, construir narrativas, plantar mentiras e se valer exatamente das mesmas regras impostas pelos adversários, é parte do jogo. Fique atento, os vis deixam claro suas regras a cada passo. Aprenda a jogar com ele.

É interessante fazer uma espécie de *"benchmarking"*[16] da sordidez. Veja com eles jogam e faça melhor, mais sútil, mas com a mesma força.

Dessa forma, todo pecado há de ser perdoado porque não há uma conduta imoral em um ambiente amoral. Nesses meios, os nossos adversários sempre devem saber o mínimo de nossos

---

[16] Benchmarking consiste no processo de busca das melhores práticas de gestão da entidade numa determinada indústria e que conduzem ao desempenho superior.

movimentos e quando souberem de algo que seja distorcido, fracionado e falso. Confundir e direcionar o adversário para outro ponto é essencial. E, nesses casos, toda estratégia é legítima, pois não é ardil inescrupuloso, é necessidade de sobrevivência.

Capítulo XIX - Como se deve evitar ser desprezado e odiado

Praestat habere acerbos inimicos, quam eos amicos,
qui dulces videantur: illos verum saepe dicere, hos
numquam[17]

O que você mais vai encontrar na trajetória de sua vida são pessoas prontas a usar o que você disse e não disse contra você. E saiba que isso será feito quando melhor lhes convier. Dessa forma, o chefe deve permanecer sempre forte, astuto e atento para que se inibam traições. Deve ser alguém forte/influente o suficiente para despertar um leve temor naqueles que pensem em fazê-lo. E se o fizerem que possa dar uma resposta à altura da injúria. O chefe deve sempre se manter muito atento a duas ameaças constantes: as dos inimigos e a dos amigos, uma vez que, muitas vezes, esse limite das relações humanas não é muito claro.

Lembremos aqui como disse em outro momento que ambiente de trabalho é um campo de batalha. Uma hora mais acirrado, outra hora mais ameno, mas sempre um campo de

---

[17] É melhor ter inimigos acerbos do que amigos que pareçam afetuosos: aqueles sempre dizem a verdade, estes nunca.

batalha e de conquista de espaços. Nesse meio, assim como na vida, amigos e inimigos, são separados, como disse acima, por um prefixo, ou uma ocasião.

Já dizia o Otto Lara Resende que facada e abraço a gente só recebe de quem está perto. Sendo assim, são necessários cuidados tanto com inimigos quanto com amigos no ambiente de trabalho. E esses cuidados nada mais são do que não falar além do que deve e manter-se atento aos movimentos dos interesses. Não me lembro de ter visto alguém que sofreu dano por falar de menos no trabalho, mas por falar demais, não sou capaz de listar somente nas duas mãos que tenho. Por isso, meça o que vai falar, pois cada palavra poderá ser usada contra você de acordo com o interesse do colega de hoje e, possivelmente, futuro desafeto de amanhã.

E mesmo assim, algum dia, mesmo medindo o que dizer ou fazer, ainda assim dirão o que você não disse ou distorcerão o que você falou para obterem algum benefício disso. Mas enfim, não se perturbe com isso, pois como dizia Terêncio (Dramaturgo e poeta romano -185-159 a.C): *"Homo sum; humani nil a me alienum puto"*, sou humano e nada que seja humano me é estranho.

Entenda que o ódio do próximo poderá nascer tanto de boas quanto de más ações do chefe. Pense que, por exemplo, em um ambiente corrompido, boas ações de moralização serão geradoras de extremo ódio, pois tende a mexer com privilégios escusos adquiridos pelos indivíduos do grupo estabelecido. Por exemplo, em um ambiente, onde as pessoas recebem dinheiro por fora para agilizar atendimentos ou processos, se um chefe chegar e acabar com isso, será objeto de ódio e rancor dos seus pares. Estava tudo errado sim, mas o errado era o certo para eles e você mexeu com o certo deles.

A conclusão é que devemos moderar nossas palavras com extremo cuidado medindo o que dizer, como dizer e, principalmente, a quem dizer. Pode ser a solução para não ser odiado? Não. Mas funciona como um redutor de danos diretos e um resguardo de quem ocupa a chefia.

***

Ainda assim, sujeito a conspirações e tramas características do jogo de poder, o chefe deve lembrar que, quando se dão em grupo, entre os descontentes, sempre há alguém disposto a negociar e entregar o jogo em troca de algum benefício. A história nos mostra inúmeros casos de Jerusalém a Vila Rica entre tantos outros em que vemos que os interesses pessoais sempre irão se sobrepor aos interesses coletivos. Desses eu cito a inconfidência mineira só para trazer um exemplo mais próximo do que vimos várias vezes nos bancos escolares.

O fato é que os benefícios pessoais da denúncia são melhores do que as incertezas da conquista com o conluio que trama contra o chefe. É importante, então, buscar entre os que conspiram aquele(s) mais suscetíveis a esse canto da sereia.

No mais, uma vez aberto o conflito com os que lhe opõe, todo embate direto deve ser evitado. Nesses casos, o cinismo e a desfaçatez são armas na lida com os envolvidos. Lembre-se que as grandes batalhas se dão nos bastidores e não nos palcos. Normalmente, os opositores querem o palco e qualquer atitude sua será uma peça para se converter em vitimismo angariando assim piedade e adesão daqueles que verão as coisas como um embate de Davi e Golias.

A tendência é sempre uma empatia com o mais fraco e, nesse caso, não é o chefe.

***

Última coisa...

Aprendi que sendo chefe ou chefiado uma das coisas mais pouco interessantes é lutar para passar a imagem de infalível. Isso é um processo ilusório (afinal todos somos passíveis de falha uma hora ou outra), causa-nos um desgaste de energia absurda e ainda desperta inveja criando inimigos silenciosos. São pessoas que vivem nas sombras que torcem a cada minuto para que você se ferre. Quem nunca ouvi frases como:

- Viu, é bem sucedido, mas teve câncer. De que adianta dinheiro agora.

- Viu, é doutor, mas tem depressão. De que adianta título agora.

- Viu, é tem dinheiro, mas a mulher o largou e os filhos não deram em nada.

- Viu, é X (positivo), mas Y (negativo que não tem nada a ver com a característica positiva.

Não se iluda. Sempre haverá alguém torcendo para você cair e quanto mais alto você demonstrar estar maior será a alegria dessas pessoas. Então, não foque em construir pedestais e se colocar em cima para não fazer a alegria deles, pois quanto mais alto subir, mais regozijo irá gerar sua queda.

***

E se um dia for abatido por doença que te corroerá até a morte, guarde esse fato no mais sagrado silêncio. Sair dessa vida é inevitável e até esperado, mas nunca dê aos seus amigos de verdade a tristeza de acompanhar sua decadência e sofrerem com ela, e também negue, terminantemente, aos seus inimigos o prazer de se regozijar com sua desgraça e morte.

Capítulo XX - Se as atitudes e muitas outras coisas que a cada dia feita pelo chefe são úteis ou não.

Ne pudeat, quae nescieris, te velle doceri. / scire aliquid laus est, culpa est nil discere vele.[18]
Catão

É muito difícil saber com certeza se o que fazemos é o mais correto. Acho que ninguém sabe. O que estamos fazendo é o que analisamos com calma (às vezes, não) e escolhemos fazer por julgarmos o que dá para ser feito ou o que é melhor mesmo naquele momento. Viver é uma atividade essencialmente amadora e gerir, não é tão diferente.

Isso não nos isenta de nos prepararmos e esse preparo nos dará possibilidade de ações diferenciadas e, por vezes, mais eficientes. Entretanto, na hora que começamos uma ação, temos noção do que queremos, mas o resultado final ainda é algo em aberto. Dessa forma, o que podemos fazer é, com nossa *expertise,*

---

[18] Não te envergonhes de querer que te ensinem o que não sabes. Saber algo é motivo de louvor, mas indesculpável é nada querer aprender.

reduzir a possibilidade de erros ou mesmo de grandes estragos. Todavia, nunca conseguiremos eliminá-las.

Todas as atitudes, então, devem ser apoiadas em princípios e não necessariamente em normas especificamente. Os princípios permitem que se adotem posturas e se amparem essas posturas em valores mais universais como transparência (seja claro em suas intenções), seja justo e equânime (mantenha o mesmo peso e a mesma medida no trato de suas decisões) e, por fim, seja cordial (trate todos com o respeito e consideração).

Esses são, na verdade, princípios que devem orientar as ações do chefe. Até porque, saiba sempre que dá menos trabalho justificar se der tudo errado com base no princípio da boa fé.

***

Uma coisa que devemos ter em mente como chefe é que ninguém é indispensável. Podemos criar redes de implicações, que tornem nossa dispensa uma coisa danosa para a empresa, mas indispensável mesmo ninguém o é. Sendo assim, não nutra a ilusão de que você é a última bolacha do pacote que ninguém vai fazer tão bem quanto você, pois isso não é verdade. Outros virão, farão melhor ou pior ou o mesmo, mas virão. Baixe sua bola. Você é só mais uma peça que ocupa o lugar de outras peças que por aí passaram.

Vou falar uma daquelas verdades doídas, mas vou falar: TODOS nós em TODOS os níveis da vida somos dispensáveis. Doeu, né? Vou te dar um tempo para assimilar isso. O que varia é o grau de dispensa, mas, acredite, o mundo gira e as coisas acontecem estando a gente por lá ou não. O que você pode fazer é reduzir o seu grau de indispensabilidade, tornando-se mais indispensável que fulano ou beltrano, mas, NUNCA, se iluda: da vida pessoal a vida profissional, todos somos peças dispensáveis.

Desculpe, destrui seus sonhos em dois parágrafos... :-(

Capítulo XXI - O que convém a um chefe para ser estimado

Nimium ne crede colori [19]

Um chefe deve ser alguém que inspire confiança. As pessoas precisam se apoiar nele como uma referência de admiração por sua competência intelectual, por sua visão de gestão ou mesmo por sua capacidade realizadora, ele deve ambicionar ser um líder. Chefes que não angariam a admiração daqueles que lhe são subordinados serão vistos sempre como mais um idiota que manda. Líderes serão sempre referências.

Quando o chefe atinge o ponto de admiração, a sua equipe o segue por entender que sua liderança é o melhor para o grupo. Não há necessidade de se impor nada, as tarefas são distribuídas e cumpridas pelas pessoas que acreditam ser a forma mais efetiva de se fazer aquilo.

Aqui cabe um parêntese. Muitas vezes, parecer algo é mais importante do que realmente ser algo. Os seres humanos, assim como todos os animais, se impressionam mais com o que

---

[19] Não acredite muito na cor. As aparências enganam.

imaginam ser do que com o que realmente é. Baseado nesse princípio, muitos animais na natureza se mesclam com o ambiente para parecerem plantas e não serem atacados, inflam para parecerem maiores, outros emitem sons que assustam os seus oponentes fazendo-os parecerem mais poderosos e fortes.

Com o ser humano é exatamente a mesma coisa. Muitas vezes a força de alguém vem mais do que ele faz com que as pessoas creiam ser do que como que realmente ele é. Acho que todo mundo já viveu a ilusão de que alguém era mais forte, mais seguro, mais durão e, um dia, em uma determinada situação viu aquilo tudo cair por terra. Aí a gente olha o individuo caído e pensa, "nossa, era só um homem".

Assim como aquela garota por quem demonstrávamos interesse e que nos passava uma imagem de uma mulher descolada, poderosa, altiva. Aí, num lance de sorte (falo por mim), começamos a ficar juntos e, na convivência, você percebe que aquilo tudo era marketing. Ela é só um humano simples e básico que chora, que teima, que tem medo, que se sente insegura. Somente um humano como eu e você.

Partindo, então, dessa reflexão, devemos ter em mente que mais importante do que ser é fazer as pessoas acreditarem que você é. Isso se chama atualmente de marketing pessoal e deve ser um investimento constante tanto de quem está no cargo de chefia quanto de quem atua em equipes de trabalho e tem pretensões de chefiar. E eu vou além. Creio que deve ser uma estratégia de qualquer um que esteja no mercado de trabalho.

Acho que todos conhecemos um chefe (ou alguém no local de trabalho) que foi altamente eficiente em fazer o seu marketing pessoal, mas cuja competência era algo muito aquém dessa propaganda. Com o tempo todos tinham certeza de que naquele assunto X, ele era uma referência e, muitas vezes, a mediocridade do indivíduo era em todos os assuntos inclusive naquele em que todos eram capazes de afirmar que era uma sumidade. Era tipo o homem que sabia Javanês da obra de Lima Barreto que era tido em alta consideração até que precisou usar seus conhecimentos de javanês.

Esse tipo de colega desperta grande ira naqueles que reconhecem sua mediocridade, mas que, em razão de subordinação ou outra, não podem confrontá-lo. Mas o fato é que quanto maior a discrepância entre a fama de "fodástico", de "picas das galáxias" e sua notória debilidade, ou seja uma farsa, temos que bater palmas para esse gênio e aprender com ele tudo sobre marketing pessoal. A arte de vender seu peixe mesmo este estando passado e sendo de má qualidade. A arte de vender tilápia e todo mundo comprar tendo certeza de que é salmão. Esse cara é um gênio. Tragam um troféu para ele. Não. Tragam dois para caso ele perca um, tenha outro de reserva.

Guardada as proporções, todo chefe tem que ser capaz de vender seu peixe por muito mais do que ele realmente vale. Criar uma aura mítica em torno da figura é condição essencial. Lembre do mágico de Oz, já citado aqui que obrigava todos a usarem lentes verdes para verem a cidade como a "Cidade das Esmeraldas". Não é difícil colocar lentes verdes nos olhos das pessoas, afinal, por natureza, o ser humano não crê no que as coisas são, mas no que lhes convém ser.

Capítulo XXII - Dos gestores subordinados que o chefe tem junto a si

Par est fortuna laboris[20]

A qualidade de um chefe se vê pelas pessoas que o cercam, sua competência, seu comprometimento e a liberdade que têm para expressar sua opinião e não só dizer o que ele quer ouvir. Se essa equipe é resultado de sua escolha, temos aí um chefe sábio e eficiente. Esse chefe deve ser louvado por seu discernimento e tem como tarefa constante conservar esse time com ele.

Das inteligências que cercam os chefes e seus subordinados, podemos destacar 3 tipos: aqueles que entendem a questão, aqueles que são capazes de acompanhar o raciocínio dos que entenderam a questão e aqueles que não entendem nada além do que querem entender ou do que são capazes de entender. Os primeiros são uma gente ótima de se trabalhar, os segundos são bons e úteis, já os terceiros esperamos que sirvam para adubo depois de mortos, porque sua utilidade para por aí.

---

[20] A sorte é companheira do trabalho.

É ilusão delirante dos inteligentinhos achar que o chefe não dá valor ao bom funcionário. Achar que o patrão vê um bom funcionário como peça de descarte imediato. Acordou de mal humor e falou: *Ahh.. vou mandar alguém embora.* Delírio de quem nunca geriu nem um botequim que vende ovo cozido e cachaça, acha que o mal do mundo é o capitalismo e, de dentro de um Mc Donald, posta isso de seu iPhone para ganhar curtidas no Face e no Insta.

Não é nada assim. Bons funcionários criam um efeito até uma relação de dependência mais de um lado do que de outro. Conheci um cara que trabalhava como padeiro. Ele era um funcionário com vários cursos e larga experiência no setor de panificação. Por conta de sua experiência e qualificação podia exigir que montassem uma equipe para ele e possuía uma força de negociação salarial grande por sua competência e comprometimento. O patrão dele, um dia admitiu para mim, que era meio refém do fulano, pois o movimento da padaria se dava em razão da qualidade de seu trabalho e apesar do custo acima do mercado, não poderia prescindir de sua presença. Moral da história: quanto maior a dependência que você cria de suas ações no processo produtivo, maior é a sua liberdade.

Outro exemplo é um pedreiro bom. Ok. Ele não é seu funcionário de carteira, eu sei. Mas, contratar serviço com ele é ficar refém. Salvo se você saiba fazer o serviço dele. O que não penso ser o caso. Ele define o dia, os prazos, o valor, o material e normalmente, falta um dia ou outro, alonga os prazos, vai além do valor inicial e sobra material. E você faz o quê? Nada. O cara faz um serviço bem-feito e você esperou em uma fila para ele pegar sua obra. Entendeu a lógica da coisa? Se discorda, volte ao seu iPhone, o mundo lá é mais bonitinho e adocicado do que esse aqui.

Boa equipe de profissionais é coisa rara e cara, no sentido de querida, desejada. Se bem que pode ser a palavra "cara" no sentido de custos também. O bom chefe sabe o valor desse entorno e faz tudo para ampliar e manter esses funcionários por perto.

Bondade? Nunca, não, jamais. Boas equipes geram bons serviços que geram lucros. E que mal tem em lucrar?

Capítulo XXIII - Como afastar os aduladores

> *"Narciso acha feio o que não é espelho."*
> Caetano Veloso - Sampa

A melhor maneira de afastar os aduladores é fazer com que aqueles que o assessoram entendam que dizer a verdade não te ofende e que suas opiniões são ouvidas, ponderadas e respondidas. Valorize aqueles que dizem a verdade e desconfie daqueles que te dizem somente coisas doces e que lhe agradam.

Sei que não é fácil porque tendemos a adorar aquilo que nos reflete e entender como uma ameaça tudo aquilo que não é eco de nossas ideias. Narciso realmente acha feio o que não é espelho e alguns chefes não se cercam de pessoas para dizer o que precisam ouvir, mas para concordarem com o que ele pensa e ajustar um detalhe ou outro. Normalmente, quando uma pessoa me diz: olha conheci uma pessoa inteligente, sensata, equilibrada..." Eu já penso "encontrou alguém que concorda com tudo que ela pensa e diz." Vivemos numa era em que nunca foi tão exacerbado o narcisismo. As redes sociais estão aí que não me deixam mentir.

Nunca ouvi ninguém dizer isso de alguém de quem discorda. Inclusive, já viu que, em uma conversa, quando relatamos um discurso direto (aquele em que pegamos a fala da pessoa) sempre fazemos uma voz escrotinha do tipo:

Aí, a fulana falou

- *Eu acho que você está enganado porque....*

Mas, atenção, essa fala de discurso direto acima tem que ser lida com voz esganiçada, distorcida e até meio debilóide. Pronto. Viu? Com certeza, a pessoa não tem essa voz, mas você a achou tão tosca que lhe atribuiu essa característica. Quem ouve pensa: *putz, com uma voz dessa, ninguém tem razão de nada.*

É isso. As pessoas que assessoram um chefe são reflexo de sua personalidade, um chefe vaidoso e inseguro se cerca de pessoas que concordem com ele, os aduladores. Um chefe sábio se cerca de pessoas que lhe digam a verdade sabendo sempre estabelecer que, dada sua posição, opiniões boas são as que são pedidas. Assegura-se que um chefe deve aconselhar-se sempre que ele quiser e não que os outros quiserem. Conselhos o tempo todo sobre tudo cria chefes dependentes e frágeis que passam aos seus assessores a ideia de alguém sem forças pessoais e que depende de ouvir todos o tempo todo.

***

Isso de ouvir conselhos me faz lembrar a história da expressão latina "*Ne sutor ultra crepidam*" (Não vá o sapateiro além das sandálias). Conta-se que certo pintor por nome Apeles tinha o costume de exibir suas obras à porta de seu ateliê e esconder-se para ouvir comentários de transeuntes. Um belo dia um sapateiro viu um dos quadros e notou um 'erro' em uma sandália pintada em um dos pés. Imediatamente, Apeles tirou o quadro da exposição e consertou. Na manhã seguinte, percebendo que sua sugestão tinha surtido efeito, meteu-se a criticar a perna, o braço, a cabeça etc. Apeles saiu imediatamente de seu esconderijo e exclamou "*Ne sutor ultra crepidam*" [não vá o sapateiro além das sandálias].

Moral da história: ouvir é importante e fazer os que te assessoram não irem muito além das sandálias também.

Capítulo XXIV - Por que os chefes onde trabalhei perderam os cargos (inclusive eu)

Um chefe novo é sempre mais observado do que um mais experiente até porque necessita mostrar mais serviço e, muitas vezes, se impor como liderança de trabalho. Isso o expõe e o desgasta muito.

Muitas vezes, o que vi é que, no ímpeto de mostrar serviço, eles trocaram os pés pelas mãos, ignoraram jogos de poder sutis e que devem ser respeitados. É claro que, não por uma ação, mas por um conjunto delas vi um chefe cair. As ações que podem causar melindres internos, por exemplo, vão minando a chefia e se ele não tiver excelentes resultados e as pessoas injuriadas forem fortemente influentes no grupo, o chefe cai como um castelo de cartas.

Para isso, é importante que o chefe, principalmente, os mais novos entendam a famosa história da tartaruga em cima da árvore. Supomos que você chega a um local e vê uma tartaruga em cima de uma árvore. Bom, até onde você sabe, tartarugas não sobem em árvores, logo, aquilo ali foi um castigo, uma maldade, um experimento científico, sei lá. Seu primeiro ímpeto é retirar a pobrezinha do alto da árvore, pois se ali deixada, ela poderá morrer de fome ou cair e morrer. Mas, espera aí... Antes de retirar a tartaruga. Se tartaruga não sobe árvore, então, alguém a colocou ali. É isso! ALGUÉM a colocou.

Isso reflete a ideia de que há regras do jogo que são subliminares e saber jogar com essas regras faz parte do trabalho de se manter no cargo. Sendo assim, posso concluir que os chefes que vi cair (inclusive eu) foi porque mexeram na tartaruga.

Dá para mexer na tartaruga? Sim, mas primeiro entenda quem a colocou lá, por que razão e saiba que todo cuidado é pouco. Ou mesmo, se é extremamente necessário mexer com a tartaruga ou fazer amizade com ela e com seu protetor.

***

A questão é que as pessoas tendem a agir pelo egoísmo salvo raras exceções em que são forçadas a agir de forma contrária. Tanto chefe quanto chefiados criam em torno de si um universo de interesses e ideias que compõem seu mundo. Qualquer movimento de peça que ameace esse universo é entendido como uma ameaça ou mesmo uma agressão. Partindo daí, o agredido tende a se valer de todas as armas de que dispõe a fim de defender esse mundo construído por ele. O chefe no intuito de manter o status ou ampliá-lo e os chefiados querendo proteger os seus espaços ou expandi-los.

Daí nasce uma tosca noção de direito que se distancia do conceito de justiça. Percebi que, muitas vezes, as pessoas não se questionam se aquilo que lhe é dado é justo, mas sim que se trata de um direito, logo, tem que ser dado. Ainda que seu privilégio disfarçado de direito exclua outros que não são contemplados.

***

Deixa-me divagar agora... Só um pouquinho.

Sabe que não acredito em maldade? Acho que somente uma parcela ínfima da humanidade age por foco na maldade, no prazer em ser mau para o outro e encontrar satisfação nisso. A maldade é decorrente e produto do egoísmo. Ou seja, trata-se de um resultado, não de um fim por si só. Somos criados para termos a ilusão distorcida para caramba de que somos únicos e o mundo tem que se curvar a nós. NÃO, não somos e o mundo não irá nos servir, ele irá nos açoitar se seguirmos nessa linha de raciocínio.

A partir daí, passamos a nos comportar em função de valer esse direito. Achamos um absurdo filas, achamos tosco ter que esperar, criamos filas VIPS ou sistemas de atendimento que mexam com esse nosso ego de ser alguém especial. O mercado de serviços entendeu essa "psicopatologia" humana e investe nisso com os atendimentos preferenciais para clientes *mega plus gold* star etc.

Nesse momento, em algum ponto de nossa mente entendemos que trabalhar em função do que temos por direito por sermos únicos é legítimo e, se a sociedade não lhe dá de boa, cabe a você tomar como pode. Daí decorre o resultado da maldade. Ditadores sanguinários pensavam assim. Por exemplo, Hitler tinha um projeto de poder que considerava legítimo direito seu e do povo alemão. Daí, as ações são em função de obter êxito não serem (para ele) boas ou más, mas parte do trajeto. Para os milhões de judeus foi péssima.

O assaltante que mata para pegar um celular entende em sua lógica torpe que, se não lhe é possível comprar, tomar e valer-se dos métodos que ele tem. E, nesse caminho, segue a lógica do estuprador, do corrupto etc. A lógica de que eu venho em primeiro lugar e todos os recursos me são legítimos para que eu me reconheça como uma prioridade. Daí a morte, a violência e os demais danos que não eram a meta final, mas eventos decorrentes dessas ações que nascem no egoísmo e mesmo na incapacidade de enxergar o outro.

E o mais terrível é que eu já vi inteligentinhos da relativização gourmet endossando esses argumentos quando se trata do assaltante. Assustador...

Capítulo XXV - Como resistir à tentação de querer sempre mais quando se é chefe

Huc usque nec amplius[21]

A sorte é o árbitro de metade das coisas que planejamos. Os maiores erros que cometi na vida decorreram de ignorar que metade das coisas cabem no planejamento, as demais, pertencem ao acaso. E aí, você pensa que sob o reino do acaso, você não tem saída. Mas tem sim. Planejamos mesmo para o universo daquilo que não tem como ser planejado para fazer uma ideia do que se pode fazer caso tudo saia do controle.

Mesmo quando tudo pode fugir do controle ainda devemos ter opções de o que fazer e como fazer. Para isso planejamos. E se você almeja sempre algo mais, levar isso em conta é boa parte do caminho exitoso.

Todo mundo quer sucesso e para isso age com as ferramentas que lhe estão a mão. O bom de lábia convence todo mundo que ele é o melhor para todos, o exibicionista proclama

---

[21] Até aí, não mais além - poderemos ir...

seus feitos com ares de odisseia, o mais tímido (mas competente) faz de seu silêncio um ambiente ideal para crescerem as míticas sobre si (como eu contei na história do Mágico de Oz aqui). O fato é que, na busca de conseguir sempre mais, aquele que é consciente de suas armas irá planejar e lutar melhor do que aquele que fica à deriva em busca de oportunidades, aquele que acredita na sorte e ponto final. Só sorte não funciona, a outra metade é planejamento mesmo.

Dessa forma, podemos ver dois indivíduos que operem com as mesmas armas, no mesmo campo de batalha que terão resultados diferente. Sim. É a sorte agindo. E aqueles que por ela são abençoados possuem boa parte do caminho andado também. E o que faz que que ela abençoe um e vá preterir o outro?

Tenho certeza de que ninguém tem essa resposta. Eu, por exemplo, sou daquelas pessoas que, se comprarem 999 rifas de 1000 bilhetes cujo prêmio é um carro, o sorteado é aquele que eu não comprei. Por outro lado, se for a rifa de um colchão cheio de prego enferrujado para ser obrigado a dormir em cima, com certeza eu serei aquele 1 dos mil que vai ganhar. Enfim, não sei se você se identifica com isso, mas não entro nem em bolão de loteria para melar a sorte dos demais.

Voltemos, então, a questão central: planejar, executar, gerir e conquistar são coisas prazerosas e picado pelo doce sabor de conquistar ou pelo menos ter a sensação de conquistas desses processos, fica a questão: quando parar?

Isso é um dos maiores desafios da posição do chefe, pois demanda entender um processo que podemos chamar de ciclo de vida de uma chefia. Tudo na vida é feito de ciclos e com cargos de chefia não seria diferente.

Tem uma história indiana que diz que a vida de um hindu tem, segundo os ensinamentos da religião deles, quatro fases: Brahmacharya, Grihasthya, Vanaprastha e Sanyasa. A primeira parte, **Brahmacharya**, é dedicada ao aprendizado, quando o menino inicia seus estudos com o Guru. A segunda, **Grihasthya**, é a fase da realização do casamento e da consolidação dos bens materiais. A terceira fase, **Vanaprastha**, é a do caminho do desapego, quando o homem se desliga, aos poucos, das amarras do mundo. A quarta fase, **Sanyasa**, é a de renúncia total, a busca da libertação.

E por que eu contei essa história? Porque eu vejo assim a vida profissional também. Penso que podemos dividir a vida de trabalho em 4 partes também.

No início, na primeira fase, temos a energia da juventude. Preparamo-nos, adquirimos conhecimentos técnicos e estamos cheio de teorias. Entramos com vontade e o que nos move é muito mais o ímpeto do que a eficiência. Somos levados por uma paixão de quase mudar o mundo e não conseguimos ver o que separa o universo de o que pode ser feito do que deve ser feito, muito menos do que dá para ser feito. Somos hormônios em ebulição. Nesse momento, adquirimos ampliamos conhecimento não só técnico como emocional de nossas ações.

Em um segundo momento, somos a maturidade. Já entendemos as regras do jogo. Temos experiência o suficiente para adquirir posições, executar as coisas com clareza e investir na aquisição de riquezas que nos irão amparar no futuro. Nesse momento, aprendemos inclusive a nos valer da força dos mais jovens para executar muitas coisas já que essa força nos esvai cada vez mais e sentimos isso.

A conversa de que a idade está na cabeça é uma tosca mentira de gente que mais quer se enganar do que enganar alguém. A idade está no corpo que já dói se houver excessos, na vista que precisa de óculos, no estômago que já não digere tão bem certas coisas, nas noites que, se mal dormidas, fazem um estrago no seu dia. Enfim, manter uma cabeça jovem é acreditar sempre, investir, sonhar etc. No mais, é uma mentira dizer que não envelhecemos. Ah, e nunca devemos confundir cabeça jovem com cabeça imatura. Tem gente que chega a uma idade, pira com essa ideia de envelhecer e começa a retardar. Isso não é juventude. Isso se chama síndrome de Peter Pan.

Na terceira fase, estamos no caminho do desapego. Vamos aos poucos nos desligando das amarras que nos prendem a cargos, títulos e honrarias. Cada vez mais focamos na importância de que as coisas devem ser feitas e não precisamos ter o dedo em todas as áreas. Um sinal interessante dessa fase é a desvinculação do ambiente de trabalho com o pessoal. Chefes mais jovens enchem sua sala de fotos da mulher, dos filhos, dos animais de estimação, do clube de futebol. Já nessa fase, sobre a mesa mal se vê umas folhas, umas canetas, às vezes, o notebook pessoal. O chefe, nesse momento, sabe que nada ali é seu e que quanto menos coisas tiver para carregar, melhor para desapegar. A mesa de um chefe em fase de desapego é muito diferente da mesa de um chefe jovem.

E, por fim, a quarta fase. Essa é renúncia total. Normalmente, marcada pela aposentadoria. É uma etapa complexa porque demanda que o chefe se reinvente. Um dia, ele era o "Dr. Fulano" todo poderoso, no dia seguinte, é só mais um aposentado acordando na hora que quer e buscando o jornal na banca da esquina.

O seu grau de felicidade depende tanto de como você viveu as outras fases quanto de como você se preparou para essa última. E essa é uma preparação que deve começar na segunda fase (na primeira, não temos maturidade nenhuma para perceber isso). Ignorar que envelhecemos e não se preparar para isso é nos jogar de cabeça dentro de uma piscina no escuro e que não sabemos quanta água vai ter. Nessa fase, devemos inclusive ter constituído um patrimônio que nos mantenha por uma razão simples: um dia talvez precisemos de contar com os outros mais do que nunca e ter uma situação financeira segura é uma maneira de podermos contar com isso. É duro, mas aprenda: por amor as pessoas podem ficar ou não, mas por dinheiro o coração delas sempre bate mais forte. Não aposte no amor, a decepção pode ser atroz. Aposte no dinheiro, por ele, salvo raríssimas situações, as pessoas ficam e suportam coisas inimagináveis.

Sendo assim, a melhor maneira de querer resistir à tentação de querer sempre mais é saber reconhecer cada fase da vida de chefia e saber tirar o que ela tem de melhor dentro de suas potencialidades. Aquele que se conhece, sabe onde está, usa do que dispõe e se planeja para o desapego nunca vai ter um apetite maior do que os seus projetos.

Capítulo XXVI - Conselho para buscar um cargo de chefia

Quem não pode com mandinga não carrega patuá...

A história dessa expressão é muito interessante. Etimologia é muito interessante mesmo, ainda que seja, em alguns momentos, meio terra de ninguém (sai todo mundo chutando história de origem de palavra e é um Deus-nos-acuda). Mas essa explicação me agradou. É fato? Não sei, mas gostei da história e a fonte me pareceu confiável.

O fato é que, numa breve pesquisa que fiz, descobri que mandinga não é só feitiço, feitiçaria, mas uma etnia de negros que vinham escravizados da África para o Brasil, os Mandingas/Mandingos. Possivelmente, o termo mandinga é uma metonímia que surgiu associada a esses povos em razão de suas crenças religiosas, assim como macumba que passou a ser referir à oferenda, feitiço, enquanto, na verdade, é só um instrumento usado em rituais das religiões de matriz africana.

A história conta que os negros que vinham dessas tribos eram muçulmanos e tinham como característica que os destacava serem normalmente letrados tendo domínio da leitura e escrita. Quando vinham escravizados para o Brasil assumiam funções como capitães-do-mato, alfaiates, carpinteiros, artesãos etc. Enfim, **exerciam funções de ganho** (escravos com liberdade e confiança de trabalhar para senhores e fazer dinheiro para eles mesmos). Esses negros carregavam consigo o alcorão, o livro sagrado dos muçulmanos e um saquinho chamado patuá – contendo um papel com uma oração, preso a um cordão em volta de seus pescoços.

Aí é que entra a história da frase. Esse livro e o patuá davam a eles a identificação de um Mandinga, um negro diferenciado e com os privilégios inerentes a essa condição. Sabendo disso, alguns escravos fugidos carregavam falsos patuás, para que, se fossem parados, pudessem se apresentar como Mandinga. Em casos de abordagem de um capitão do mato, normalmente, um Mandingo, esses costumavam pedir que lessem trechos do alcorão. Se não soubessem ler, eram executados ali mesmo, pois se fazer passar por um mandinga era falta gravíssima.

Daí a história do ditado popular. Se você não aguenta com o papel/cargo é melhor não assumir, ou seja, não carregue patuás que lhe dão pesos maiores do que os que é capaz de suportar.

Todo cargo de chefia gera um ônus emocional muito significativo. Liderar, chefiar é ser a manga madura e bonita no alto da árvore. Vai tomar cutucada, pedrada, sacudida porque todo mundo quer te ver no chão.

A primeira coisa a se pensar antes de assumir um cargo é *"eu aguento o tranco?"* Isso porque, mesmo sendo a pessoa mais preparada do mundo, mais compromissada do mundo, mais honesta do mundo, mais MAIS de tudo, ainda assim, você vai ser objeto de ataque de todo tipo de gente. Gente desonesta vai questionar sua honestidade, gente incompetente vai questionar sua competência, gente que nunca geriu absolutamente nada (muitas vezes nem a própria vida) vai dizer como seria a melhor maneira de fazer uma coisa que eles mesmos nunca fizeram.

Isso gera um desgaste emocional absurdo e somente duas coisas (unidas aliás) devem ser usadas como motivo para se assumir essa cadeira: dinheiro e desejo de controle. Dinheiro porque é bom, mas só ele não justifica (e nem compensa) e desejo de controle porque há certos momentos na vida que devemos assumir as rédeas das coisas porque senão alguém assume e esse alguém pode não ser muito simpático a você. Daí... Aí você sabe, né?. Sua vida vai ser um penoso purgatório em que pagará com a convivência os seus pecados.

E tem mais uma coisa, quando se entra nesse jogo, criam-se os desafetos naturais, inimigos silenciosos ou ruidosos que espreitarão você como hienas prontas para o devorar quando você se afastar um pouco do seu grupo de poder. Não se iluda. Sempre há hienas e elas irão te atacar por uma razão simples e objetiva: você existe.

Sabedor desse nível de exposição, mas interessado nos benefícios financeiros e em um período de controle que garantirá sua paz, pois está nas rédeas dos processos, assuma, entre de cabeça. Viva aquilo intensamente. Saiba que, a partir dali, todos os problemas relacionados ao seu trabalho serão de uma forma ou de outra seus problemas. Quando você era só um funcionário, entrava e saía. Depois disso, não. Todos os problemas de uma forma ou de outra acabam tocando você e exigindo uma decisão sua. E saiba que, por maior que seja seu esforço, a fome das hienas será sempre a mesma.

Faça as coisas porque elas têm que ser feitas. Planeje, atue, lidere, apoie, mas nunca, jamais, espere que reconheçam que você deu o seu sangue por aquilo. Isso não acontecerá e no virar dos ventos, você verá que quem você apoiou pode lhe trair, quem você ouviu pode lhe dar as costas e em quem você confiou pode lhe entregar às hienas com um sorriso no rosto. Não espere nunca que, no final, haja aplauso. No final, há cortinas que se fecham em um teatro sem plateia, sem aplausos, sem glória.

***

Para encerrar lembro da fábula do sapo que foi convencido pelo escorpião a atravessar o rio com ele nas costas. O escorpião jurou que não o picaria, pois afinal, se o fizesse, ele morreria afogado também. O sapo concordou.

Lá pelas tantas, no meio da travessia, o sapo sentiu a picada nas costas e falou: *mas escorpião! Por que você me picou? Agora, vamos morrer os dois...!*

- Esta é a minha natureza, meu amigo sapo. E eu não posso mudá-la, retrucou o escorpião.

E no cargo de chefia, aprenda que muitas pessoas com quem você vai lidar são escorpiões e nada vai mudar essa natureza delas. Ciente disso, as ações delas são efetuadas em grande parte pelo que você concede que o seja. Como dizia o sambista, fique sempre com um olho no gato e outro no peixe fritando.

***

Em resumo: chefiar é antes de tudo conhecer a natureza daqueles que o cercam e saber lidar com isso.

Epílogos - Carta ao chefe

Caro chefe novo ou velho,

Entenda que chefiar ou melhor ainda, liderar é tarefa para os fortes. É isso. Todo chefe tem que aspirar a ser um líder, aquele que inspira, que motiva, que eleva, que não tem necessidade de ordenar, pois suas ações ilustram o que deve ser feito. As palavras que vimos nesse livro não são um manual de como ficar no poder, mas uma série de observações de como eu vi esse jogo de poder em minha vida. Não se trata de um tratado prescritivo, mas descritivo do que a vida me apresentou.

Tanto como chefe ou chefiado, eu aprendi que, se um chefe consegue ser exemplo para os que o seguem, temos um líder. De outra forma, só temos um cargo nomeado. Seu senso de organização será referência para aqueles que o rodeiam, seu empenho com suas palavras, o parâmetro daquele que se comprometem, sua conduta moral, ética e senso de justiça serão sempre um fator que despertará apreciação e segurança do próximo. Longe dos holofotes, chefiar de forma séria e comprometida qualquer coisa é tarefa para muito poucos.

Todas as vezes que a vida apresentou esse desafio na minha frente, eu ponderei e, na maioria das vezes abracei. Vivi todas as todas as dores e alegrias de carregar uma forma de tratamento diferenciada na frente, diretor, coordenador etc.

Aprendi que as pessoas são o que elas são e saber o que elas são é que são elas. Confuso? Só um pouco. Chefiar é aprender a lidar com egos, vaidades e a essência da espécie humana. É ver pessoas que mudam com o poder e se transformam em outra coisa. O poder tem esse potencial de acentuar o que nós somos. Se somos tirânicos, normalmente, em situação de poder, seremos piores ainda.

Nas idas e vindas do poder, que aliás nunca senti tê-lo, sempre me mantive íntegro em minhas medidas e valores. Pode parecer um autoelogio narcísico, mas eu descobri um dia isso sem querer. Quando era diretor de uma instituição grande, encontrei com um amigo de juventude, hoje falecido, que teve poucas chances de estudar como eu. Batemos um longo, rimos e, no final, ele me abraçou e me agradeceu por, apesar de tudo que havia me tornado, ainda ser o mesmo colega de adolescência.

Não me via com aquele grau de importância nem via razão de pela qual deveria ser diferente. Entretanto, naquele momento, senti que fui fiel a minha essência sempre porque nunca dei valor ao que era, porque, no fundo sabia que não era, mas estava. As palavras daquele amigo e o seu abraço me fizeram muito bem.

É isso. Você, chefe, não é. Você está. Tudo, inclusive nossa existência, é temporário e não veja de outra forma. Muitos dizem que sabem disso desde sempre. Só que existe uma diferença entre saber na cabeça e saber no coração e este só chega com a maturidade. Quando dizemos isso ainda novos, não sabemos é o significado de "saber de verdade" na maioria das vezes.

Hoje, olho a ampulheta da vida e vejo que tem mais areia embaixo do que em cima e, pondero muito se quero assumir novas responsabilidades. Não sei se estou disposto a passar por muita coisa que passei quando novo. Todavia, senti-me na obrigação de falar sobre essa experiência com vocês.

Tudo que vivi me trouxe até aqui e me permitiu compartilhar todas as observações com vocês e essa é a maior bênção que a vida me deu. Só tenho gratidão. Espero que cada palavra seja uma semente para fazer o caminho de alguém mais lúcido e consciente.

Boa chefia

Palavras finais

Eu, pode me chamar de Marquinho (Gostei do nome. Acho que vou adotar). Quero agradecer imensamente ao Lourival que me possibilitou escrever esse livro e sem o qual nada seria possível, suas horas de sono e sua boa vontade em receber minhas mensagens em minha tão nobre missão, a de atualizar o meu manual de observações para os tempos modernos e ao mundo corporativo.

Não me vêm as palavras também para agradecer professor que escreveu cada linha e encontrou em sua vida atribulada tempo para produzir esse livro que, em tempos de internet vai acabar virando audiolivro para as pessoas ouvirem no carro ou no celular E dizer que sua dívida com minha honra está quitada e não se sinta mais preso a esse débito espiritual.

Até porque eu menti.

Nunca houve essa história de denegrir meu nome. No fundo, ninguém sabe ao certo quem foi o primeiro a associar minhas ideias a algo maléfico. Mas sabe como é... Eu precisava de alguém que escrevesse direitinho, passei perto da sua casa indo para casa do Lourival e o vi em crise criativa. Aí, achei que era uma boa tentar por ali. Menti. Admito. Para mim foi um fim justificável. E como você deve saber nunca escondi essa minha maneira de ver as coisas. Durma tranquilo agora e com um bom livro no currículo.

E terminou assim...

P.S1.: E diz para o Lourival quando sair do transe que nunca existiu essa tal fila de pessoas indignadas com dois possíveis obsessores no final. Mas sabe como é, um pouco de medo sempre ajuda a persuadir. Afinal, como não dava tempo para ser amado, fiquei satisfeito em ser temido. Mas há uma coisa que eu não disse... Tem um chinês que sentou comigo outro dia e eu falei a beça de vocês. Estou achando que ele vai procurar vocês um dia desses aí... Eu falei que ele podia falar que era meu amigo.

***

Naquele momento, não tive qualquer dúvida da origem do que acabava de escrever. Era o Marquinho mesmo. Cuspido, mas não reencarnado, como diz o povo.